酒が仇と思えども

中島要

祥伝社文庫

目次

口開け　狐（きつね）とかぐや姫

一

浅草田原町にある蕎麦屋「江口屋」の名物は、見目麗しい看板娘のおきみである。出来のいい雛人形のごときかんばせを拝もうと、店にはたくさんの客が押し寄せる。

しかし、どんな男に言い寄られても、おきみは決してその気にならない。そのつれなさ加減から「かぐや姫」と呼ばれる娘には、隠し事が二つあった。

「あけましておめでとうって、今さら言うのはおかしいか」

板前の兼吉が太い首をすくめて落ち着かなげに鼻を掻く。今日は一月十日、そう思うのも無理からぬことだけれど、おきみは首を横に振った。

食い物屋にとって年末年始は書き入れ時だ。勢い、誰よりも早く新年の挨拶をしたかった人になかなか会うことができなかった。

「変じゃないわ。年が明けて初めて会うんだもの。兼吉さん、あけましておめでとう。今年もよろしくお願いします」

　両手をついて頭を下げれば、兼吉も大きな身体を曲げる。二人は同時に顔を上げ、目を見合わせて笑い合った。

　時刻は朝の五ツ（午前八時）過ぎ、外は気持ちよく晴れているのに、二人が向かい合っているのは江口屋の二階にあるおきみの部屋だ。新年最初の逢瀬にふさわしいとは言いがたいが、おきみと兼吉は身内以外の人の目を忍ばなければならなかった。

「江口屋のおじさんに『あと一年待ってくれ』と言われたときは、目の前が真っ暗になったけど、今度という今度は大丈夫だよな」

「ええ、おばさんが請け合ってくれたわ。おじさんが何と言ったって、あたしと兼吉さんを一緒にさせてくれるって」

　幼馴染みの二人は子供の頃から兄妹のように付き合ってきた。そして三年前、おきみが十六、兼吉が二十一になった春、一緒になろうと誓い合った。

　しかし、おきみの叔父にして親代わりの玄吉が「まだ早い」と待ったをかけたのである。

　——言っちゃ悪いが、兼吉は板前として半人前だ。おきみと一緒になりたいのなら、早く一人前になれ。それまでは二人が恋仲だってことも他人に言っちゃならねぇぞ。

厳しい言葉に奮起して、兼吉はわずか二年で名の知られた料理屋の板前になった。おきみも十八になって歳にも不足はなくなった。

今度こそ天下晴れて夫婦になれると、おきみと兼吉が思っていたら、

――頼むからあと一年だけ待ってくれ。今かぐや姫に嫁に行かれちゃ、うちの店が困るんだ。

蕎麦打ちで太くなった腕を畳につき、叔父は二人に頭を下げた。

おきみは周りの大人から「人形のようにかわいらしい」と言われて育ち、十五を過ぎた頃には「江口屋の看板娘」ともてはやされるようになった。言い寄る客も多かったが、おきみには思いを寄せる兼吉がいる。客への礼儀は尽くしつつ、誘い文句は聞き流し、贈り物はすべて断った。

そのうち「どんな男にもなびかねぇかぐや姫のようだ」と言われ始め、店は「噂のかぐや姫をひと目見たい」と押しかける客で連日大入り。おきみが嫁に行ってしまえば、儲けが減るのは目に見えていた。

とはいえ、それは叔父の都合だ。兼吉は目をつり上げて「話が違う」と憤ったが、おきみは血のつながらない叔父の頼みを断れなかった。

幼い頃に亡くなったおきみの母は器量よしで、さる地主の跡継ぎに見初められて玉の輿に乗ったという。

しかし、読み書きもおぼつかないような育ちの娘に地主の妻は荷が重かった。夫の親戚や奉公人からさんざん蔑まれた挙句、身重の身体で追い出されて、江口屋を営む妹夫婦のもとに転がり込んだ。おきみは江口屋で産声を上げ、母が病気で亡くなってからも面倒を見てもらってきた。

――育ててもらった恩返しをせずに、出ていくことはできないわ。兼吉さん、あたしからもお願いします。おじさんの言う通り、あと一年だけ待ってちょうだい。

子供の頃からおきみを知っている兼吉は、その生い立ちも知っている。苦渋の表情を浮かべながら「わかった」と引き下がり――ようやく一年が経ったのだ。

「客として江口屋に出入りしていなくても、かぐや姫の噂はあちこちから聞こえてくる。『村田屋』の若旦那までおきみちゃんに言い寄っていると聞いたときは、正直言ってひやりとしたぜ」

村田屋は小間物を扱う大店で、「村田屋の櫛簪を喜ばない江戸の娘はいない」

とさえ言われている。口調は冗談めかしているが、本当に青くなったのだろう。

眉を下げる兼吉におきみはうっすら微笑んだ。

「あたしは兼吉さんが好きなのよ。かぐや姫は決して男になびかないって知っているでしょう」

「そりゃ、まあ……玉の輿に乗る気がさらさらねぇのは知ってるがよ……櫛だ簪だと貢がれたら、その気になるかもしれねぇし……」

人より大きな身体をしているくせに、言い訳をする男の声は尻すぼみに小さくなる。おきみは少々むっとした。

「玉の輿に興味がないんじゃないわ。兼吉さんにしか興味がないの」

口を尖らせてふくれれば、五つ年上の板前はいかつい顔を真っ赤に染める。そして、さっきまでとは打って変わって明るい声を張り上げた。

「祝言はできるだけ早くしよう。次の大安はいつだっけ」

浮かれているのがわかる声に、おきみの頬がこわばった。

「そんなに慌てなくたって……おじさんの都合を聞いてみないと」

「俺たちは言われた通り、ちゃんと一年待ったんだ。江口屋はおきみちゃんのおかげで繁盛したし、育ててもらった恩返しは終わったはずだぜ」

叔父の都合を聞こうものなら、何だかんだでまた引き延ばされる恐れがある。

兼吉の目つきが険しくなり、おきみは慌てて言い繕った。

「おじさんが反対するとかじゃなくて、あたしの花嫁支度があるから」

もっともらしい理由を挙げても、いかつい顔は緩まない。思い詰めた表情でおきみの目をのぞき込む。

「おきみちゃんは俺と一緒になりたくねぇのか」

「馬鹿なことを言わないで。兼吉さんが好きだって、たった今言ったばかりじゃないの」

憤然と言いきれば、兼吉が片眉を撥ね上げる。

「だったら、どうして祝言を先延ばしにしようとする。俺は明日にでもおきみちゃんと一緒になりてぇのに」

「そう言ってくれるのはうれしいけど」

「金のかかった支度をすれば、江口屋のおじさんにまた借りを作っちまう。身ひとつで嫁に来てくれれば十分だ」

おきみだって本当は一日も早く夫婦になりたい。だが、その前にどうしてもやらなければならないことがある。

兼吉さん、ごめんなさい。

できるだけ早く何とかするから、もう少しだけ待っていてちょうだい。

心の中で手を合わせ、おきみは細い首を傾ける。

「だって、かぐや姫の嫁入りなのよ。物見高い人たちが集まってくるのがわかっているのに、みすぼらしい恰好はできないでしょう。見栄っ張りなおじさんの顔を潰すわけにはいかないもの」

上目遣いに訴えれば、兼吉はしかめっ面で引き下がる。見た目と違ってやさしい男は、昔からおきみに逆らえない。

今でこそかぐや姫などと呼ばれているが、幼い頃は近所の子供に「親無し子」と寄ってたかっていじめられた。言い返すこともできなくて、涙をこらえていたおきみをかばってくれたのはこの人だけだ。

兼吉さんに見限られたら、あたしは生きていけないわ。だからこそ、まだ一緒になれないの。

そんなこちらの気持ちも知らずに兼吉がぼそりと呟いた。

「いくら遅くとも三月までには祝言を挙げられるよな」

「ええ、きっと」

にっこり笑ってうなずきながら、おきみは内心青ざめていた。

二

光の差さない闇の中でも、じっと目を凝らしていればぼんやり形が見えてくる。

一月十三日の夜八ツ（午前二時）前、おきみは床に就いたまま、かれこれ一刻（約二時間）ばかり天井を睨んでいた。昼間の客の表情と声が目と耳にこびりついている。

――何がかぐや姫だ。でけぇ面をしやがって。

――人を馬鹿にするのもたいがいにしろ。

最初はやさしく言い寄って、こっちがまるでなびかないと怒り狂う男は多い。中には「思わせぶりに誘っておいて」と言いがかりをつける者までいた。

あたしは好きこのんでかぐや姫と呼ばれているわけじゃない。周りが勝手に呼んでいるだけじゃないの。誘ったことなんて一度もないし、ろくに知らない相手を馬鹿にしたことだってないわ。

しかし、どれほど筋違いな言いがかりでも、相手は一応客である。「一昨日来やがれ」と叩き出し、塩を撒くのはさすがにまずい。向こうが言いたいことを言って立ち去るのを黙って待つことしかできなかった。

悔しくて悲しくて情けなくて、天井を睨むおきみの目から一筋涙がこぼれ落ちる。

これまで何度「あたしには言い交わした人がいます」と口にしかけて呑み込んだことか。兼吉のことを隠したりしなければ、「誰にもなびかないかぐや姫」と呼ばれることもなかったはずだ。

もっとも叔父にしてみれば、おかげで店は大繁盛。「口止めしておいてよかった」とほくそ笑んでいるようだ。

一日じゅう蕎麦を運んで立ったり座ったりしているので、身体は疲れきっている。それでも眠気は訪れない。

あれを一杯ひっかければ、ぐっすり眠ることができるのに——しんしんと夜が更けるにつれ、その思いはますます強くなる。

いいえ、あれはやめるって自分で決めたんでしょう。死んだおっかさんにも「決して飲むな」と言われているし、あんなものは百害あって一利なしよ。

闇の中で自分に言い聞かせ、涙を拭って目を閉じる。しかし、まぶたを閉じれば嫌なことがより鮮やかに浮かび上がる。

このままじゃ一睡もできないうちにお天道様が昇ってしまう。そうしたら、また愛想笑いを浮かべて客に蕎麦を運ぶのか……。

店に来る客がひとり残らずおきみにちょっかいを出すわけではない。けれども、今はいいことなんて何ひとつ浮かんでこなかった。

目の下に隈なんかこさえていたら、また変な言いがかりをつけられる。おきみは掻巻をかぶってそろそろと階段を下りていき、手探りで台所の蠟燭に火をつけた。

一杯だけならどうってことないわ。

今夜はどうしても眠れないから、薬代わりに飲むだけよ。

心の中で言い訳して、酒樽の栓を抜こうとしたとき、

「おきみ、何をしているんだい」

ぎくりとして振り向くと、自分と同じように掻巻をかぶった叔母のおせいが立っていた。

「前から言っているだろう。夜中に隠れて飲むのはやめなって。そんなに酒が飲みたいのなら、堂々と飲めばいいじゃないか」

おせいはため息をつきながら、おきみに酒の入った湯呑を差し出す。うんともすんとも言えずにいると、おせいは腕を組んであごをしゃくる。

「あんたのおかげで店は儲かっているんだ。それに、あんたが酒を飲むのは、厄介な客に絡まれた夜だけだもの。うちの人にだって文句なんか言わせないよ」

「でも、あたしはお酒をやめたいの」

ためらいがちに訴えれば、おせいは呆れた顔をした。

「だったら、どうしてこんな時刻に掻巻をかぶって立ってるのさ。寝ぼけて厠の場所がわからなくなったのかい」

嫌みたらしいからかいに、おきみはうつむいて言い訳する。

「だから、今夜こそ最後にするつもりで」

「その台詞も何度聞いたかねぇ」

できれば言い返したかったが、その通りなので言い返せない。おきみだって己の弱さにほとほとうんざりしているのだ。

母は生前、幼い我が子に「大人になっても酒を飲むな」と口を酸っぱくして言い聞かせた。おせいによれば、顔も知らないおきみの父は酒癖が悪かったという。母は娘が父に似ることを恐れたのだろう。

今は亡き母の言い付けを徒疎かにするつもりはない。それに蕎麦屋で手伝いをしていれば、酔っ払いのみっともない姿はお馴染みだ。

赤ら顔で騒ぎ立て、いきなり反吐をはいたりする。あんなふうになるのなら、あたしは一生飲まないわ。

そう決めていたにもかかわらず、かぐや姫と呼ばれ出した頃から「ちょっとだけ試してみたい」と思うようになった。

蕎麦屋はおしなべて居酒屋よりもいい酒を置いている。ただし、江口屋で売れるのは安い並酒に限られる。他の店では一杯八文の並酒がここでは一杯七文だからだ。

たかが一文の違いでも、飲兵衛にとってその差は大きい。懐のさびしい連中ほど「江口屋の酒は薄い」と文句を言いつつ、へべれけになるまで飲んでいた。

——酒さえあれば、俺は生きていけるぜ。

——俺は酒を飲むために生きてんだ。

——嫌なことがあったって、酒を飲めば忘れられらぁ。

ご機嫌な酔っ払いの戯言を毎晩聞かされ続けていれば、飲んでみたくもなるだろう。

それでも十八の春までは母の言い付けを守っていた。しかし、「兼吉との祝言を一年延ばせ」と叔父に言われて――辛抱の糸がぷつりと切れた。

にっこり笑えば「誘っている」と誤解され、そっけなく応じれば「こっちは客だぞ」と文句を言われる。おまけに兼吉との仲を他人に言うことは許されず、たまに会うのも江口屋の二階と決められている。二人並んで花見や花火見物に行くこともできない。そんな暮らしがあと一年も続くのかと思ったら、酒を飲まずにいられなかった。

飲めば嫌なことが忘れられるってお客さんが言っていたもの。おっかさんだって少しなら大目に見てくれるわよ。

去年の春、おきみは真っ暗な店の中で客の残した燗冷ましに初めて口をつけた。

ほんの少し舐めてみたところ、意外にも舌にぴりっときた。

一口飲んでみたけれど、どこがうまいのかわからなかった。

それでも、大の男たちが喜んで毎晩飲んでいる。きっとおいしいに違いないと我慢して飲んでいるうちに、だんだん頭がふわふわしてきた。そして、あれこれ悩んでいるのが面倒臭くなってきた。

なるほど、これが客の言う「嫌なことが忘れられる」ということか。初めて酒を飲んだ晩、おきみは夢も見ないでぐっすり眠った。

それからというもの、嫌な客と出くわすたびに夜な夜な隠れて酒を飲んだ。一度に飲むのは二合(にごう)までと決めていたので、へべれけになったことはない。

あいにく叔母のおせいにはすぐに知られてしまったけれど、叔父は何も言わないから、たぶんばれていないのだろう。唯一(ゆいいつ)見込みが狂ったのは、一度覚えた酒の味を忘れられないことだった。

幼馴染みの兼吉は亡き母の言い付けを知っている。おきみ自身「一生飲まない」と言っていたのに、隠れて酒を飲んでいるとは絶対に知られたくない。

三日前、「早く祝言を挙げたい」という兼吉に「あたしも」と言えなかったのは、まだ酒を断(た)てていなかったからだ。

「今度こそ本当にお酒をやめるわ。あたしのおとっつぁんは酒癖が悪かったって、おばさんも言っていたでしょう。酔って乱れる姿を兼吉さんに見られたら、見限られてしまうもの」

若い女の酔っ払いなんて男に輪をかけてみっともない。

決意も新たに言いきると、おせいは「だったら、これはいらないね」と湯呑の酒をぐいと飲む。思わず「あっ」と声を出せば、叔母はすぐさま湯呑を置いた。

「本気でやめるつもりなら、そんなに物欲しげな顔をしなさんな。ほら、残りはあんたが飲めばいい」

再度差し出された湯呑には酒が七分目ほど残っている。おきみはほんの少しためらってから、おずおずと湯呑を持ち上げた。

これが本当に最後になるから味わって飲むことにしよう。ややぬか臭い香りに鼻の頭をひくつかせ、おきみは酒をごくりと飲む。

おせいはその姿を柱にもたれて眺めていた。

「そんなに酒が好きなら、無理して断たなくたっていいじゃないか。兼吉さんは板前だし、酒を飲む女なんて見慣れているよ」

「適当なことを言わないで。見慣れていなかったらどうするの」

おきみは湯呑から口を離して呻くように言う。酒を断つのがこんなに難しいと知っていたら、一滴も口にしなかったのに。

「おばさん、どうすればお酒をやめられるかしら」

最後の一口を飲み終えて、おきみは空の湯呑を見下ろした。

兼吉の住まいはひと目で家じゅうが見渡せる九尺二間の裏長屋だ。夜更けにこっそり酒を飲んで、気付かれないはずがない。挙句、惚れた男に蔑まれ、三行半を突きつけられるなんて絶対に嫌だ。

「疎まれて別れるくらいなら、一緒にならないほうがまだましだわ」

ぽつりと本音を漏らしたとたん、おせいに肩を摑まれた。

「たかが酒を飲むくらいで嫌われたりするもんか。兼吉さんは子供の頃からあんたに惚れているんだから」

「でも、男は急に掌を返すもの」

積もりに積もった鬱憤がはじけ、おきみは声を震わせる。

こっちの気持ちなどお構いなしに言い寄って、思い通りにならないと悪しざまに罵る。おきみはそんな扱いを何度となく受けてきた。

「あの人は別だと思いたいけど、男の端くれに違いないわ。あたしがお酒を飲むと知ったら、思っていたのと違うって怒り出すかもしれないでしょう」

実の父親には生まれる前に捨てられて、育ての叔父には大事な恋路を邪魔された。子供の頃はいじめられ、大人になって寄ってくるのは下心のある男ばかり。

兼吉は違うと思いたくても信じきるのは難しい。

つらい思いを吐き出せば、おせいがふいに手を打った。

「そうだ、酒の悩みなら『七福』の若旦那に相談おし」

七福は並木町にある大きな酒屋である。

安い並酒から高価な上諸白まで幅広く扱っており、江口屋の酒も七福から仕入れている。おせいによれば、そこの若旦那が酒の悩みの相談に乗ってくれるとか。

「餅は餅屋っていうじゃないか。酒に関する悩みなら、酒屋の跡継ぎに相談するのが一番さ」

おせいはすっかり乗り気だが、おきみはまるで気が進まない。誰にも知られたくない秘密を見ず知らずの若い男に打ち明けるなんてまっぴらだ。

「おばさん、わかってるの？　こんな話が世間に漏れたら、かぐや姫の評判は地に落ちるわよ」

「大丈夫だよ。商人は信用第一だし、うちは七福のお得意様だ。必ず秘密は守ってくれるって」

「でも、酒屋の若旦那にお酒をやめる相談なんておかしいわ」

「じゃあ、誰だったら相談できるのさ」

間髪容れずに言い返されて、おきみは黙って目をそらした。

三

浅草寺門前の並木町は田原町のすぐそばだ。

一月二十日の朝五ツ半（午前九時）、おきみは重い足取りで七福に向かって歩いていた。煮えきらない姪に業を煮やし、叔母が酒屋の若旦那に「かぐや姫の酒の悩み」を洗いざらい打ち明けてしまったのである。

――先方はすべて承知だから、下手な隠し立ては無用だよ。若旦那は二十二になったばかりだけど、なかなかできたお人だから。

昨夜、おせいに言われたときは怒りで呼吸が苦しくなった。若い娘の隠し事を勝手に他人に教えるなんていくら何でもひどすぎる。

おきみは食ってかかったが、おせいはまったく悪びれなかった。

――うるさいね。誰のおかげで大きくなったと思ってんだい。文句を言わずに相談しておいで。

おせいにこう言われては、逆らうことなどできはしない。こっちは生まれたときからずっと叔母の世話になっている。

せめて七福の若旦那がもっと年上だったらよかったのに――おきみはため息をつきながら、青々とした杉の酒林（さかばやし）に目を向けた。

「あの、すみません」

暖簾（のれん）をくぐって遠慮がちに声をかけると、十二、三歳くらいの小僧が「いらっしゃいまし」と元気に応（こた）える。「お酒ですか」と尋（たず）ねられ、おきみは首を左右に振った。

若旦那にお会いしたいと店先で言ってもいいのかしら。おばさんは「先方はすべて承知」と言っていたけど。

何と言おうか迷っていると、小僧が食い入るようにおきみの顔を見つめている。

ひょっとして変なものでもついているのかしら。思わず顔に手をやれば、小僧がためらいがちに聞く。

「もしかして、江口屋のおきみさんですか」

「どうしてわかったの？」

店には何度も来ているが、目の前の小僧の顔に見覚えはない。うなずく代わりに尋ねれば、相手は顔を輝かせる。

「若旦那から言われていたんです。かぐや姫のようにきれいな娘さんが来たら、その人は江口屋のおきみさんだから奥に連れてくるようにって。でも、かぐや姫なんて人には会ったことがなかったから、店に来た娘さんには朝から聞いていたんです。やっぱり本物が一番きれいだ」

無邪気な笑顔で答えられ、おきみは頭が痛くなった。

どうやらこの小僧は娘が来るたび、「江口屋のおきみさんですか」と聞いていたらしい。察しのいい娘なら、おきみが酒の相談に来ると勘(かん)づいたのではなかろうか。

しかし、悪気のない子供に文句を言っても始まらない。おきみは肩を落として小僧の後ろについていった。

「若旦那、江口屋のおきみさんがいらっしゃいました」

「定吉(さだきち)かい。お入り」

座敷の中からの返事を待って、小僧はゆっくり襖(ふすま)を開ける。おきみが足を踏み入れると、紺の紬(つむぎ)の綿入れ(わたいれ)を着た若い男が座っていた。

「今日は朝から冷えますね。さあ、火鉢(ひばち)のそばに座ってください。定吉、熱いお茶を持っておいで」

「はい」

小僧が出ていってから、おきみはおずおずと火鉢のそばに腰を下ろす。恥ずかしい秘密を知られていると思ったら、どうにも尻が落ち着かない。

「江口屋さんにはいつもお世話になっております。手前は七福の倅(せがれ)で幹之助(みきのすけ)と申します」

「いえ、こちらこそ叔母が面倒な相談をお願いしまして申し訳ありません。あたしは江口屋の主人の姪で、きみと申します」

互いに名乗り合ってから改めて相手の顔を見る。七福の手代(てだい)とは顔見知りだが、若旦那に会うのは初めてだった。

並の女よりも色白で、顔の形は細くて長い。目尻の上がった細い目は何だか笑っているようだ。鼻は高くとがっていて、薄めの唇(くちびる)はゆるやかに弧を描いている。

前にこんな顔を見かけた気がするけれど、いったいどこで見たのかしら。おきみが首をひねっている間に、定吉がお茶を運んできた。

「お待たせしました」

「おきみさん、どうぞ冷めないうちに」

喉が渇いていたらしく、幹之助は客より先に湯呑を手に取る。機嫌よくお茶を飲む姿を見て、おきみは腹の中であっと叫んだ。

幹之助の顔は縁日で売られている白い狐の面にそっくりなのだ。目尻に紅を、頬にひげを加えれば、狐の面をつけていると勘違いしそうである。

商売繁盛のお稲荷様にお供えの酒はつきものだけど、まさか酒屋の若旦那が狐の面にそっくりだとは思わなかった。

ひょっとして、父親の大旦那もこんな顔をしているのかしら。

ふと立派な着物を着た大きな狐が頭に浮かび、おきみは込み上げる笑いを抑えようとこっそり手の甲をつねる。小僧が座敷から出ていくと、幹之助は湯呑を置いた。

「さて、それではご相談をうかがいましょうか」

相手のその一言で、おきみはたちまち身を硬くした。

「あの、すでに叔母がお伝えしていると思いますが」

すべて承知しているのなら、興味本位で何度も言わせないでもらいたい。責めるように眉をひそめても、幹之助は動じなかった。

「江口屋のおかみさんからはうかがっております。ですが、酒で悩んでいらっしゃるのは、おきみさんでしょう。同じ酒を口にしても、『うまい』と言う人と『まずい』と言う人がいる。おかみさんが思っているおきみさんの悩みと、おきみさんの本当の悩みは違っているかもしれません」

そんなふうに言われてしまえば、言いたくないとは口にできない。何より幹之助の目つきと口調は真摯なものだ。

おきみは大きく息を吐き、腹をくくってすべてを話した。

「……つまり、おきみさんは一緒になる人に酒を飲むことを知られたくない。だから一緒になる前に酒を断ちたいということですね」

短い話ではなかったけれど、幹之助は余計な口を挟まずに最後まで聞いてくれた。穏やかな口調で念を押されて、おきみは素直に顎を引く。

「はい、そうです」

「おきみさんは嫌なことがあると酒を飲みたくなるとおっしゃいました。好きな人と一緒になれば、嫌なことなんてなくなるんじゃありませんか」

おせいも前に似たようなことを言っていた。だが、兼吉との暮らしにそこまで夢は見ていない。おきみの母だって幸せになれると信じて、父と一緒になったのだから。

「生きていれば、嫌なことは必ずあるでしょう。あたしは二度とお酒に頼らなくてもすむようになりたいんです」

酒屋の跡継ぎに言う台詞ではないけれど、それがおきみの本心だ。幹之助は覚悟を決めたように「わかりました」と腿を叩いた。

「ただし、酒をやめるにはかなり苦しい思いをします。それでも構いませんか」

「もちろんです」

酒を断つことができれば、心置きなく兼吉と一緒になれる。どんなにつらくても耐えてみせると、おきみは背筋を伸ばした。

「これまでのお話を聞く限り、おきみさんは好きで酒を飲んでいるわけじゃない。嫌なことを忘れるため、もしくは眠るために飲むんですよね」

「はい、おっしゃる通りです」

「酒を飲めば楽になるから、不本意ながら飲んでしまう。逆に苦しくなるだけなら、飲もうと思わなくなるでしょう」

理屈で言えば、確かにそうだ。おきみが黙ってうなずくと、幹之助が企むような目つきになる。
「では、浴びるほど酒を飲んでごらんなさい」
酒をやめたいと言っているのに、どうして浴びるほど飲めというのか。訝る
おきみに相手は淡々と話を続ける。
「おきみさんは酒を一度に二合までしか飲んだことがない。酔ってへべれけにな
ったこともないんですよね」
「ええ」
「二度と酒など飲むものか——そう思いたいなら深酒をして、ひどい二日酔いに
なってごらんなさい。それはもう苦しいですから」
おきみは一瞬目を瞠り、ややして大きなため息をつく。この人はあたしを世間
知らずと思っているのか。
「二日酔いになったくらいでお酒をやめることができるなら、お酒の飲みすぎで
身体を壊す人はいなくなると思います」
江口屋の常連客だって「二日酔いで頭が痛い」と年じゅうこぼしている。だ
が、それから酒を飲まなくなった人なんて見たことがない。がっかりして肩を落
とせば、幹之助はにやりと笑った。

「そういう台詞はひどい二日酔いになってから言ってください。頭は痛いし、気持ちは悪いし、まともに歩くことさえできない。周囲からは酒臭いと嫌がられ、風邪で寝込んでいるよりもよほどつらくて苦しいですよ」

「でも、喉元過ぎれば熱さを忘れると申します。二日酔いが治まれば、元の木阿弥じゃありませんか」

なまじ期待したせいでおきみの声が冷ややかになる。それでも、幹之助の様子は変わらなかった。

「熱さを忘れるか否かは人によるのではありませんか。手前は前に鯖にあたって、三日ほど苦しみました。それ以来、恐ろしくて鯖は一口も食べておりません。あんな思いは二度とごめんですから」

「はあ」

「ひどい二日酔いになっても懲りないのは、酒が好きで好きで、飲めないなら死んだほうがましだという連中です。心ならずも飲んでしまうおきみさんとは違います」

「それは、そうかもしれませんが」

「どんな好物も食べ過ぎると飽きるでしょう。一度とことん酒を飲めば、もう飲まなくていいと思えるはずです」

次から次へと喩えを挙げられていくうちに、だんだん向こうの言い分が正しいような気がしてくる。しかし、深酒はしたくない。

「あの、あたしの父はとても酒癖が悪かったそうなんです。ですから、あたしも酔っ払ったら何をするか」

「大の男に暴れられたら面倒ですが、おきみさんが暴れたところでどうということはありません。いざとなったら、このあたしだって取り押さえられますよ」

幹之助は胸を叩くが、おきみはうろんな目で見てしまう。

目の前の若旦那は色白でひょろりとしている。いかにも箸より重いものを持ったことがなさそうだ。

穏便に断るには何と言えばいいのかしら。眉間にしわを寄せたとき、幹之助がまた思いがけないことを口にした。

「人が酒を飲むのは、嫌なことを忘れるためだけじゃありません。腹の中に溜まっているものを吐き出すためでもあるんです」

人は立場や身分に縛られて、言いたくても言えないことを腹の中に抱えている。それを口にするために酒の力が必要だと。

「……だったら……あたしも酔っ払えば、何を言っても許されますか」

覚えずそう返したら、幹之助は「もちろんです」と微笑んだ。

「酒が言わせた言葉に文句を言うのは無粋の極み。おきみさんもとことん飲んで、言いたくても言えずにいたことをすべて吐き出してしまえばいい」

そんなことができるなら、どんなに気が晴れるだろう。おきみは一瞬その気になりかけ、やっぱり駄目だと思い直す。

後悔先に立たずと言うではないか。幹之助を疑うつもりはないが、酔った自分がどんな醜態をさらすかわからない。

しかし、言いたくても言えないことは山のように抱えている。迷うおきみを幹之助がけしかける。

「ものは試しと申します。飲み納めにするためにも、浴びるほど飲んでみませんか。江口屋さんはお得意様ですから、おきみさんがどんな醜態をさらしても決して他言はいたしません」

「………………」

幹之助は顔だけでなく、中身も狐に似ていたらしい。おきみはまんまと化かされて、いつの間にかうなずいていた。

四

そして、あっという間に酒の支度ができ上がった。

「あ、あの、今から飲むんですか」

さっき四ツ（午前十時）を告げる浅草寺の鐘が聞こえてきたばかりである。暗くなるどころか、昼前から飲むなんて世間様に顔向けできない。

用意された膳の前でおきみが途方に暮れていると、真面目な顔つきの幹之助に「おきみさん」と呼びかけられた。

「勘違いしないでください。朝のうちから飲ませるのは悪酔いをさせるためなんです」

「えっ」

「昼酒は酔いやすいとか、朝酒は効くとか、聞いたことはありませんか」

そういえば、店の客たちがそんなことを言っていたような気もする。おきみがあいまいにうなずくと、幹之助は得たりと微笑む。

「今回は酒を飲むことが狙いではありません。二度と酒なんか飲むものかと思うくらい、ひどい二日酔いになってもらうことが狙いなんです。それを思えば、今からだって遅いくらいですよ」

そんなふうに言われると、おきみは従うことしかできない。居心地の悪さを感じつつも、「よろしくお願いします」と頭を下げた。

「では、さっそく始めましょうか。普通は燗にいたしますが、冷やのほうが悪酔いすると言いますからね。さあ、ぐいっとどうぞ」

幹之助はおきみに猪口を持たせ、片口の酒を注ぐ。そのさわやかな香りと色の薄さにおきみは大きな目を瞠った。

「わ、若旦那、このお酒は」

「下りの上諸白です」

当たり前のように言い放たれて言葉を失う。道理でいつもの並酒とは匂いがまるで違うと思った。

酒は安い並酒から順に片白、諸白と値が上がる。下りの上諸白と言えば、殿様が召し上がるような酒である。

江口屋でも諸白は置いているが、売れるのは安い並酒だけだ。もちろんおきみも並酒しか飲んだことがない。

「並酒は麹も掛け米も玄米を使いますが、諸白は両方精米したものを使います。ですから、酒の色が薄くてぬか臭くありません。ちなみに片白は掛け米だけ精米したものを使うんです」

「はあ」

「これが酒の飲み納め、ぜひいいものを味わってごらんなさい」

朗らかに勧められたものの、猪口を持つ手がかすかに震える。

下り酒は関東の酒の値の三倍もするという。その最高級品ということは……おきみは飲む前からめまいがしてきた。

「あの、あたしが飲んだ分のお代はどうなるんでしょう」

ただ相談をするだけなら、菓子折りひとつですませられると思っていた。

だが、七福は酒を売るのが商売である。浴びるほど酒を飲んだりしたら、菓子折りですむはずがない。

「心配しなくても大丈夫ですよ。江口屋のおかみさんから好きなだけ飲ませてやってくれと言われていますから」

では、おせいと幹之助の間で初めから話がついていたのか。一瞬にして頭が冷え、おきみは口をつけずに猪口を置く。

「悪酔いするために飲んでいるのに、高いお酒なんてそれこそもったいないです。どうしても飲めとおっしゃるなら、どうぞ並酒にしてください。安酒のほうが二日酔いになると聞いたことがあります」

　おせいに余計な金を使わせるのも、相手の思い通りに踊らされるのも癪に障る。こちらの覚悟を感じたらしく、幹之助が苦笑した。

「でしたら、この片口の分だけはこのまま飲んでください。樽から出した酒は戻せませんから、これは手前のおごりです」

　そこまで言われては嫌だと言えない。おきみは猪口を手に取って最初で最後の下り酒を味わった。

　さわやかな香りの高級品はびっくりするほど口あたりがいい。こんな味を覚えたら、ますます酒をやめられなくなる。

　こうなったら一刻も早く片口の酒を片づけてしまおう。おきみはぐいぐいと猪口を傾け、あっという間に空にした。

　次はいつもの並酒を注がれたが、今まで飲んでいた上諸白とどうしても比べてしまう。かすかに眉をひそめると、幹之助に笑われた。

「やっぱり味が落ちるでしょう。もう一度諸白を飲みますか」

「いいえ、あたしは悪酔いするために飲んでいるんですから」

おきみは大きな声で言って猪口を突き出す。幹之助は気前よく茶色い酒を注ぐ。そんなことを繰り返すうち、だんだん身体が火照ってきた。

「今ぁ、時の鐘がぁ鳴りましたよねぇ」

語尾を伸ばして話しかけると、幹之助がうなずいた。

「はい」

「ひとつ、ふたつ、みっつ、よっつ……までは数えたんだけど、そこからさきはぁ、わからなくて」

「ちょうど九ツ（正午）になったところです。おきみさん、だいぶ酔いが回ってきたみたいですね」

狐顔を傾げた幹之助をおきみはじろりと睨みつける。人聞きの悪いことを言わないで。あたしはまったく酔っていない。

「九ツってことはぁ、飲み始めてからまだ一刻しか経ってないってことでしょう」

「ええ、ですが空きっ腹に飲んでいますから」

「あたしはいつも空きっ腹で飲んでますぅ」

おきみが酒を飲むのは、決まって夜が更けてからだ。酒の肴をつつきながら飲んだことも、燗にして飲んだこともない。

「九ツってことはぁ、急いで店に戻らないとぉ」

ほら、酔っていたらこういう台詞は出てこないでしょ。おきみは勢いよく立ち上がろうとして——膝からその場に頽れた。

「おやおや、大丈夫ですか」

笑いながら声をかけられ、おきみの首が前に傾く。ちっとも酔っていないけれど、何だか眠くなってきた。

「江口屋さんのことなら心配しなくても大丈夫です。おかみさんも承知していることですから」

「……それならそうともっと早く言ってくれれば……でも、おじさんはすごく怒っていそう……」

おきみはどこで油を売っていると、叔母が責められていなければいいけれど。

今日は絡んでくる客に煩わされずにすむようだ。

「若旦那はぁ、自分の顔が好きですか」

突然、どうしてそんなことを口走ってしまったのか。当のおきみが不思議に思ったにもかかわらず、幹之助はすぐに答えてくれた。

「あまり好きではありませんね。できることなら、もっと男らしい見た目のほうがよかった。あいにく手前は母親似で」

「てことはぁ、若旦那のおっかさんも狐の面に似てるんだ。てっきり、ここの御主人が狐顔だと思ったのに」

無性(むしょう)に楽しくなってきて、おきみは声を上げて笑う。一方、幹之助は驚いたように細い目を見開いた。

「手前は狐の面に似ていますか」

「ええ、そっくり。言われたことはないですか」

「はい、面と向かっては」

そんなやり取りをしている間もおきみは酒を飲み続ける。

これだけ飲んでも酔わないなんてさすがに思っていなかった。ひどい二日酔いになるためには、あとどのくらい飲めばいいのか。

「若旦那のおとっつぁんはぁ、どんな顔をしていますか」

「そうですね。狐よりは狸(たぬき)に似ているかもしれません」

涼しい顔で言われたとたん、おきみはぶっと噴き出す。狸と狐が一緒になって、生まれた子供は狐だなんて。

「あたしはおとっつぁんの顔を知らなくてぇ、おっかさんにそっくりだっておばさんが言うんです。本当に縁起でもないったら」

その見た目ゆえに不幸になった母に似ていると言われても、うれしいと思えるはずがない。かといって、自分を捨てた父親に似ているのも嫌だったが。

「あたしは兼吉さんによく似た男の子を産むってぇ、昔から決めているんですう」

「おきみさんと兼吉さんの子なら、どっちに似ても大丈夫ですよ」

また若旦那はいい加減なことを言って。兼吉さんがいかつい顔の大男だって知らないくせに。

慰めるようなやさしい声がだんだん遠ざかっていき……。

「おい、おきみちゃん。大丈夫か」

慣れ親しんだ声におきみがまぶたを持ち上げれば、なぜか心配そうな兼吉の胸に抱えられていた。

兼吉さんには酒を飲む姿なんて絶対見られたくなかったのに、どうしてあたしは落ち着いているんだろう。おきみは薄目を開けたまま不思議に思い、次の瞬間、これは夢だと決めつけた。

今は九ツを過ぎたところで、板前の兼吉は忙しいはず。それにあたしが七福にいるなんて知らないのだから。

「悪酔いするつもりだったのに、こんなにいい夢が見られるなんて。最初に飲んだ上諸白のおかげかしら」

「何馬鹿なことを言ってんだ。ほら、ちゃんと水を飲め」

怒ったように吐き捨てられて、おきみはじわりと涙ぐむ。

いい夢だと思ったのはどうやら勘違いだった。いつもやさしい兼吉さんがあたしのことを怒るなんて。

「水なんかいらないっ。あたしはひどい二日酔いになってお酒をやめるんだから」

「だから、それが馬鹿だってんだ。二日酔いで酒をやめたやつなんか見たことも聞いたこともねぇ」

「どうせあたしは馬鹿ですよっ。馬鹿だからおじさんの言うことに逆らえないし、客に因縁をつけられても黙っていなくちゃいけないし、夜中にお酒を飲まないと眠れないわよ。でも、それってあたしのせい？　みんなあたしがいけないの？」

　酔っ払っているときは、何を言ってもいいと若旦那は言った。

　おまけにこれは夢だから、今まで我慢してきたことを洗いざらい言ってしまえ。

「だいたい兼吉さんだって悪いのよ。あたしがおじさんに逆らえないのを知っていて、一緒に言いなりにならなくてもいいじゃない。江口屋に乗り込んで、客の前で『おきみは俺のもんだ』って言ってくれればよかったのに」

「おきみちゃん」

「店の客に言い寄られるたび、あたしには好きな人がいますってどれだけ言ってやりたかったか」

「俺だって本当は言いたかったさっ」

　駄々をこねるように言い募れば、兼吉が嚙みつくようにおきみの言葉を遮った。

「大店の若旦那や色男がおきみちゃんを口説いているって聞くたびに、生きた心地もしなかった。いつ別れを切り出されるのかと、会うたびにひやひやしていたんだぞ」

いかつい顔を泣きそうに歪めて兼吉が訴える。子供の頃には何度か目にした表情だが、大人になってからは初めてだ。

「お願いだから、俺には隠し事をしないでくれ。おきみちゃんは俺に惚れていると、信じさせてくれねぇか」

逃がすものかと言わんばかりに男の腕に力がこもる。こんなふうに抱き締められたのも初めてだった。

ああ、やっぱりすごくいい夢だ——おきみは「うん」と呟いて、温かく力強い腕の中で目を閉じた。

五

ここはいったいどこかしら。

おきみは布団から身体を起こそうとしたとたん、めまいと吐き気と頭痛に襲われ、再び枕に頭をつけた。

目の端に床の間が見えたから、絶対に江口屋の二階ではない。しかし、気持ちが悪すぎて身じろぎすらままならない。

どうしてこんなことになったのかと、泣きたい気分でいたところ、

「ああ、目が覚めましたか。その顔色ではかなりつらいでしょう。無理に起きなくていいですよ」

言われなくても起きられないが、ここがどこかは知っておきたい。

強いてまぶたを押し上げれば、白い狐の面が笑っている。誰だっけと考えて、七福の若旦那だと思い出す。

この具合の悪さは――望みどおり二日酔いになったということらしい。

「……今……」

何刻ですかと続けたくても、あいにく声が出てこない。幸い相手はこちらの聞きたいことを察してくれた。

「今は二十一日の朝五ツ前です。何か食べられそうなら朝餉の支度をいたしますよ。おきみさんは昨日の昼も夜も食べていませんから」

果たして自分はいつから酒に酔い、眠り込んでいたのだろう。幹之助に「九ツだ」と言われた覚えはあるけれど、その後のことは定かではない。

「途中から酒に水を足して薄くしたりしたんですが、初めての二日酔いはつらいでしょう。吐き気がひどければ、桶を持ってこさせましょうか」

幹之助はあれこれ気を遣って話しかけてくる。しかし、今はできるだけそっとしておいてほしかった。

「あんまり具合が悪いようなら、医者を呼びますが」

「だい、じょうぶです。少し寝かせておいて、もらえれば」

やっとの思いで答えると、幹之助が細い目をさらに細くする。

「それはよかった。兼吉さん、どうぞ入ってきてください。おきみさんは思いの外、平気そうですよ」

嫌な予感がよぎった刹那、襖が開いて、いかつい大男が入ってくる。おきみは具合の悪さも忘れて身体を起こし——再び布団に突っ伏した。

「な、何で……兼吉さんが……」

こんなみっともない姿を見られたくなかったから、酒をやめようと思ったのに。秘密をばらした幹之助を思いきり罵ってやりたくても、二日酔いの頭と身体はまるで動いてくれなかった。

「では、あとはお任せいたします」

おきみの声にならない激しい怒りを感じ取ったに違いない。幹之助はそそくさと座敷から出ていった。

「おきみちゃん、大丈夫か。食欲はなくても水は飲め」

仏頂面（ぶっちょうづら）の兼吉がおきみを抱き起こしてくれる。

とりあえず、まだ愛想を尽かされてはいないようだ。差し出された水を飲みながら、「前にもこんなことがなかったっけ」と痛む頭で考える。

「酒をやめるためにひどい二日酔いになろうとするなんて。呆れてものも言えねえぜ」

「……七福の若旦那から聞いたのね」

信じていたのに裏切るなんて商人の風上にも置けない。おばさんにも文句を言わなきゃと思っていたら、

「何言ってんだ。おせいさんに言われておきみちゃんを迎えに来たら、酔っ払ったおきみちゃんが自分で俺に言ったんだろうが」

「……嘘（うそ）」

「嘘なもんか。『おじさんの言いなりになるな』とか『おきみは俺のものだと言え』とか、いろいろ言ってくれたじゃねぇか」

その後寝入ってしまったから、改めて迎えに来た――憮然とした様子で言われ、心の臓が凍りつく。

昨日酔っ払って見た夢はどうやら夢ではなかったらしい。夢だから何を言っても平気だと、言いたい放題言ってしまった。

「ご、ごめんなさいっ」

おきみは這うようにして兼吉の腕から逃れると、頭の上から布団をかぶる。

頭痛も吐き気も続いているが、身体よりも心がつらい。何もかもおしまいだと丸くなって震えていたら、布団ごしに頭をなでられた。

「謝らなくたっていい。俺はおきみちゃんが酔って絡んでくれて、心底ほっとしたんだから」

兼吉はずっと自分とおきみでは釣り合わないと思っていたという。だから、昨日の姿を見て安心したと。

「酒はやめなくたっていい。ときどきは酔って絡んでくれ。みっともねぇ姿を見せて、俺を安心させてくれよ」

布団ごしのささやきにおきみは涙をこらえきれない。あたしは今まで何を恐れて、何に怯えていたのだろう。

七福の若旦那は狐の面どころか、お稲荷様のお遣いかもしれない。おきみは布団の下で込み上げる吐き気をこらえつつ、ひそかに手を合わせていた。

江口屋のかぐや姫が幼馴染みの板前と一緒になる——その噂はあっという間に浅草じゅうに広まった。

「言い寄る男に見向きもしなかったのは、末を誓った相手がいたからか」

「おきみちゃんと一緒になる男は果報もんだぜ」

「まったくだ。かぐや姫の身持ちの堅さは天下一だ」

世の男の大半は言い寄る客を袖にして幼馴染みと一緒になる看板娘をほめたたえた。おかげで嫁に行くことが知られても、江口屋は繁盛を続けている。

おせいが七福を訪ねたのは一月晦日のことだった。

「若旦那には本当にお世話になりました。この通りお礼申し上げます」

畳に額をすりつけると、幹之助の困ったような声がした。

「おかみさん、顔を上げてください。手前は大したことはしちゃいません」

言われるがままに身体を起こし、正面から目を合わせる。若旦那の細い目はいつになく楽しそうだった。

「世間に名高いかぐや姫と一緒に酒を飲めたんです。こっちこそお礼を言いたいくらいですよ」

「とんでもない。それであの子はどのくらい飲んだんでしょう。遅くなりましたが、お支払いをさせてくださいまし」

亭主の玄吉はおきみが夜な夜な酒を飲んでいたことも、幹之助が相談に乗ってくれたことも知らない。さっさと払ってしまおうと懐に手をやれば、若旦那は「けっこうです」と手を振った。

「かぐや姫の男嫌いほどではありませんが、手前も女をいささか苦手にしておりました。ですが一途(いちず)なおきみさんを見て、考えを改めましたから」

「そうはいきません。聞けば、あの子は下りものの上諸白まで飲んだそうじゃありませんか」

「ではお代の代わりに、おきみさんのことをもう少し教えてもらえませんか」

そんなことを言われても、若旦那が姪について知らないことはもうないだろう。「何でしょう」と問い返せば、幹之助は食えない笑みを浮かべる。

「おきみさんのおとっつぁんは本当に酒癖が悪かったんですか」

「えっ」

「手前が思うに、酒癖が悪かったのはおっかさんのほうじゃないかと」

今さらそんなことを聞かれるなんてかけらも思っていなかった。おせいは目を見開いて返事に詰まる。しばしの沈黙のあと、幹之助が話を続けた。

「酒癖の悪い亭主に泣かされたのなら、娘には『大酒飲みの男と一緒になるな』と言いそうなものじゃありませんか。おきみさんの母親が『大人になっても酒を飲むな』と言ったのは、本人が酒でしくじったせいだと思ったんです」

そこまでお見通しなら、隠したところで仕方がない。

おせいは額を押さえて口を開いた。

「若旦那のおっしゃる通りです。でも、姉は酒癖が悪かったわけじゃない。おきみそっくりの器量よしで、地主の家に嫁ぐまで酒なんか口にしませんでした。隠れて飲むようになったのは、嫁ぎ先でいじめられたせいですよ」

親戚や奉公人から「そんなことも知らないのか」と二六時中罵られ、姉は隠れて酒を飲むようになったらしい。ある晩、その姿を夫に見られて身ひとつで離縁されたのだ。

「そのとき姉は身籠っていましてね。子ができないことをさんざん責め立てておきながら、今度は『隠れて酒を飲むような女の血を引く子はいらない』と言い出して。本当にひどいもんですよ」

あのときのことを思い出すと、今も怒りで身体が震える。

器量よしで玉の輿に乗った姉はおせいの自慢の種だった。まさかこんなことになるなんて、夢にも思っていなかった。

「あんな連中と縁が切れてよかったねって、あたしは何度も言ったんです。でも、姉はずっと悔やんでいました。酒を飲んだりしなければ、追い出されることはなかった。おきみはもっといい暮らしができたし、妹に迷惑をかけることもなかったって」

いくら血のつながった姉妹でも、妹の亭主は赤の他人だ。厄介者の身の上は肩身が狭かったに違いない。姉はいつしか嫁ぎ先にいた頃と同じように隠れて酒を飲み出した。

おせいはそれに気付いていたが、最後まで見て見ぬふりをした。姉が幼い娘に「大人になっても酒は飲むな」と言い聞かせたのは、後ろめたさからだろう。

「おきみにはこんなこと、口が裂けても言えません。だから、父親の酒癖が悪かったことにしたんです」

それでも、おきみは母の言葉に感じるところがあったらしい。酒を飲んではいけないと頑なに己を戒めて——十八から隠れて飲むようになった。

「おきみが暗い台所で酒を飲んでいる姿を見たとき、あたしはぞっとしましたよ。姉が化けて出たのかと思ったくらい」

　このままでは姉の二の舞になりかねない。おせいはとっさにそう思い、おきみには「隠れて飲むな」と言い、亭主には「おきみは兼吉さんと一緒にさせる。来年一緒にさせなかったら、おきみを連れて出ていく」と啖呵を切った。

「でも、土壇場でおきみが怖気づいて……あの子が兼吉さんと一緒になれるのは若旦那のおかげです。本当にありがとうございました」

　おせいが改めて頭を下げると、幹之助は笑顔で猪口を差し出した。

「嫌なことを忘れるために飲む酒もあれば、本音を言うために飲む酒もある。でも、飲んで一番うまいのは祝い酒でしょう」

　いつの間に用意したのか、相手が手にした片口からは上等な酒の香りがする。

　おせいは口元をほころばせ、ありがたく猪口を受け取った。

二杯目　目が覚めて

一

芋酒屋はその名の通り、芋の煮っころがしで酒を飲ませる店である。こういう店に来る客は金のない飲兵衛と決まっている。

並木町にある「うさぎ屋」は、同じ町内に住む簪作りの職人、猪吉の馴染みの芋酒屋だ。愛想のない店主が卯年生まれで、この店名になったらしい。しょうゆが染み込んだ煮っころがしと、すぐに燗が出てくるところが気に入っていたのだが……今夜は、ありとあらゆることが癇に障って仕方がない。

いつ掃除をしたかわからねぇ小汚い店で、屁の種を食わせて金を取るなんてずうずうしいや。こいつぁぬる燗じゃなくて、冷やじゃねぇか。早けりゃいいってもんじゃねぇんだぞ。

ああ、まったくもって面白くねぇ。

猪吉は宙を睨みつけ、不機嫌もあらわに酒をあおる。

酒というのは不思議なもので、気分次第で味が変わる。気分のいいときは安い酒でも味わい深く、極上の心持ちにしてくれる。そうでないときは味気なく、ますます嫌な気分になる。

ならば、嫌な気分のときは飲まなければいいのだが、嫌なことがあったときほど飲みたくなるから厄介だ。

無言で猪口を空けていると、酔って浮かれた周りの声が聞こえてきた。

「かぐや姫の亭主はいかつい大男なんだってなぁ」

「言い寄る男を袖にし続けた器量よしが、そんな男を亭主にするとはびっくりだ」

「何言ってやがる。俺はかぐや姫に惚れ直したぜ。男を見た目や金で選ばねぇなんて、てぇしたもんじゃねぇか」

「生まれる子供は母親似だといいけどな」

「違えねえ」

楽しげな周囲の笑い声が猪吉をさらに苛立たせた。

一昨日の二月二十一日、「かぐや姫」と謳われた蕎麦屋江口屋の看板娘、おきみが祝言を挙げた。美しい花嫁姿をひと目見ようと、祝言に呼ばれていない者まで大勢店に押しかけたという。おかげでこの二日ばかり、浅草界隈の居酒屋では「かぐや姫とその亭主」の話で持ちきりだ。

梅は咲いたか、桜はまだか——絶え間なく咲く花々に心が浮き立つからなのか、春は祝い事の多い季節である。猪吉も十日前、簪作りの親方からひとり娘の縁談が決まったことを告げられた。

今年二十五の猪吉は自他ともに認める腕のいい職人で、年頃の娘に好まれる繊細(せんさい)でかわいらしい簪を得意としている。客から名指しで注文を受けることも多く、三人の弟子の中では図抜けていると自負していた。

他の二人の弟子——同い年の幸助(こうすけ)は男前だが、決まりきった意匠(いしょう)の簪しか作れない。五つ年下の忠太(ちゅうた)は不器用で、まともな簪を作れるようになったばかりである。親方の娘と一緒になるのは、一番弟子の自分だと猪吉は思い込んでいた。

ところが、親方は幸助を婿(むこ)に選んだのだ。

——簪作りの職人としては、もちろんおめぇのほうが上だ。だが、いかんせん酒癖(さけぐせ)が悪すぎる。俺はお咲(さき)の父親として、おめぇを亭主にしたくねぇ。

今までさんざん「職人は腕がすべてだ」と言っておいて、土壇場(どたんば)で掌(てのひら)を返すとは。親方の言葉を思い出し、猪吉は顔をしかめて猪口を干(ほ)す。

猪吉は無類の酒好きだが、酒に強いわけではない。五合(ごごう)を超えると酔っ払い、さらに続けて飲もうものなら、ところ構わず寝てしまう。

おまけに目が覚めたとき、酔っていた間のことをきれいさっぱり忘れている。そのせいで揉めたこともあるけれど、飲みすぎなければいい話だ。

――馬鹿な飲み方をして、職人としての名を汚すんじゃねぇ。

親方にそう諭されてからは「酒は四合半まで」と決め、酔わないうちに切り上げていた。そんな我慢の甲斐あって、この一年は酒のしくじりをしていない。

酒は仕事の疲れを癒してくれる、かけがえのないものである。だいたい親方だって、大酒飲みの絡み上戸だ。「酒癖が悪いから、おまえを婿にできねぇ」なんて、よくもぬけぬけと言えたもんだ。

かくなる上は酒を控える義理などない。思う存分飲んでやる。

そう決心した猪吉は毎晩うさぎ屋に足を運んだ。しかし、飲めば飲むほど、酔えば酔うほど、うまい酒から遠ざかる。

どうせ親方はかわいい娘に、「みっともない猪吉より、色男の幸助がいい」と泣き付かれたに決まってらぁ。へっ、どうせ俺は亀男だよ。

芋に箸を突き差して自嘲混じりに口を歪める。女が上っ面しか見ないことくらい、猪吉は嫌というほど知っていた。

この手で作る簪ならば、若い娘の気に入るように見た目をいくらでも変えられる。だが、持って生まれた姿形は己の力で変えられない。

猪吉はいかり肩で首が短く、「首をすくめた亀のようだ」と笑われることが多かった。目と目の間は離れており、鼻だって先の潰れた団子鼻だ。色男にはほど遠いと自分でもよくわかっている。

ところが、なぜか娘たちは「きれいな簪を作る男は見た目もいいに違いない」と、手前勝手に思い込む。「お気に入りの簪を作った職人に会いたい」と向こうから押しかけてきた挙句、猪吉の姿をひと目見てがっかりしたように肩を落とす。中には、幸助が猪吉だと勘違いしている娘もいた。

簪は職人が手で作るもんだ。面で作っているんじゃねぇ――そそくさと立ち去る娘たちに腹の中で怒鳴ったものだ。

お咲は明るく器量よしだが、女房に先立たれた父親の世話をしているうちに二十二歳になってしまった。そういうお咲だからこそ、かぐや姫と同じように一緒になる相手は中身で選んでくれると思っていた。

幸助が女にだらしないことを親方は知らねぇのか。酒癖より女癖が悪いほうが、娘の亭主に向かねぇだろう。

腹の中で毒づいている間に、気が付けば酒がなくなっていた。猪吉は空のチロリを振る。

「おい、お代わり」

大きな声で呼んだとたん、店のおやじは顔をしかめた。

「これでしまいにしたらどうだ。もう五合を超えちまったぜ」

「てやんでぇ。まだ宵の口だぜ」

ここは居酒屋で自分は客だ。五ツ（午後八時）の鐘が鳴ったばかりで、文句を言われる筋合いはない。

思いきり口を突き出せば、おやじは大きなため息をつく。

「今日は忠さんがいないんだ。酔っ払う前に帰ってくれ」

「ふん、酒は酔うために飲むもんだろうが。忠太なんぞいなくても、ちゃんと帰るから安心しな」

聞きたくない名を口にされて、猪吉は乱暴に吐き捨てた。

今酔って醜態をさらしたら、親方に「それ見たことか」と思われる。かといって中途半端に飲んでいては、この苛立ちは消えそうにない。そこで、このところは弟弟子に居酒屋通いを付き合わせていた。

弟弟子の忠太は大男だが、気性は牛のようにおとなしい。おまけに手先が不器用で、なかなか腕が上がらない。親方に叱られるたびに大きな身体を小さくしていた。猪吉は出来の悪い弟分を小馬鹿にしながら、見かねて何度も助けてやった。

見た目に反して酒が一滴も飲めないのも都合がいい。酔っ払う心配がないおかげで、こっちは心置きなく酒が飲める。

おかげでこの十日間はどれほど派手に酔っ払っても、翌朝は自分の長屋で目覚めていた。「こいつはいい塩梅だ」と喜んでいたら、十一日目の今日になって、忠太が「いい加減にしてくだせぇ」と言い出した。

――あにいには世話になったから、じっと辛抱してきやした。けど、俺の我慢にも限りがある。甘えるのもたいがいにしてくだせぇ。

そして、「酔った猪吉にどれほど迷惑をかけられたか」を、唾を飛ばしてまくしたてた。

居合わせた客に難癖をつけ、怒った相手が怒鳴り返したとたんに寝てしまう。神社の鳥居に小便をかけようとしたかと思えば、通りすがりの夜回りに悪態をつく。

忠太は正体をなくした兄弟子に代わって、謝ってばかりいたという。寝てしまった猪吉を背負って帰る途中、反吐をはかれたこともあるとか。

――幸助あにいがお咲さんの婿に決まって、悔しいのはわかりやす。けど、どれだけ飲めば、気がすむんです。酒の飲みすぎで、せっかくの腕を駄目にした職人は山のようにいるんですぜ。

よほど不満を溜めていたのだろう。牛のようにおとなしい弟分の豹変に、猪吉はたじろいだ。

毎晩酔っ払いの尻拭いをさせられて、忠太がうんざりするのも無理はない。だが、兄弟子から受けた恩を考えれば、十日が一年でも付き合うのが筋だろう。だいたいこっちは何ひとつ覚えていないのだから、文句を言われたって困る。

それでも一応「悪かったな」と小声で言うと、忠太はさらに目をつり上げた。

――どうせ「覚えていねぇんだから、仕方がねぇ」とか「酔っ払いのすることに目くじらを立てるな」とか思ってんでしょう。あにいが覚えていなくとも、あにいのやったことはなかったことになりゃしねぇ。実のねぇ詫びを口にされても、かえって腹が立つだけでさ。

だったら、何と言えば満足するのか。こっちだって自ら望んで忘れてしまったわけではない。知らず口をへの字に曲げれば、弟分の目が冷たさを増す。

——俺が一緒だから、あにいは余計に深酒をしちまうんだ。どうしても酒を飲みたいのなら、これからはひとりで行ってくだせぇ。

忠太はそう言って踵(きびす)を返し、憤懣(ふんまん)やるかたない猪吉はひとりでうさぎ屋にやってきた。

「常連を邪険(じゃけん)にすると、罰(ばち)が当たるぜ」

馴染み客がつらいときこそ、温かくもてなすのが居酒屋の主人の務(つと)めだろう。ところが、おやじはいつものようにそっくり返って鼻を鳴らす。

「猪(いの)さんが常連だから、これ以上飲むなと言ってんじゃねえか。また他の客に絡まれちゃ、こっちの商売あがったりだ」

「くそいめえましい。こんな店、二度と来るもんか」

譲らないおやじに腹を立て、猪吉は空のチロリを放り出す。立ち上がろうとしたときに少し足がよろけたけれど、酔ってなんぞいるものか。

勘定(かんじょう)を叩(たた)きつけて店を出れば、暗い夜空に星がまたたいていた。

暖かくなってきたとはいえ、夜になると肌寒い。酒で温まった身体が冷えて、猪吉はぶるりと身を震(ふる)わせる。

言い争いをしたせいで、すっかり酔いが醒めちまった。次はどこで飲み直そうか。提灯を手にぶらぶら歩いていると、後ろから声をかけられた。

「おや、ご機嫌だね」

何の気なしに振り向くと、忌々しい顔が立っている。猪吉は暗いを幸いに、思いきり相手を睨みつけた。

とはいえ、大の大人が無言で立ち去ることもできない。一言「よお」と応えれば、相手はそばに寄ってきた。

「足元が危ねぇみてぇだが、大丈夫かい」

「てやんでぇ。酔っ払い扱いするなってんだ」

喧嘩腰で言い返したのに、相手はなぜか笑みを浮かべる。

「だったら、もう一軒どうです。近くにいい店がありやすよ」

おめぇと飲んだら、せっかくの酒がまずくならぁ――猪吉がそう返す前に、相手がすばやく付け加える。

「今夜は懐が暖かいんでさ。よかったら奢りやす」

「そ、そうか……悪ぃな」

猪吉が特に好きなのは、うまくできた簪と他人に奢ってもらう酒だ。そういうことなら話は別と、二人並んで歩き出した。

二

ありがたいことに、猪吉は二日酔い知らずである。

どれほど飲んでもよく眠れば、すっきり目覚めることができる。そして、酔った間の出来事をきれいさっぱり忘れている。

そのため、飲みすぎた翌日は見知らぬ場所で目覚めることもめずらしくない。だから驚きはしなかったが、今朝はいつもと勝手が違う。

「ここは、どこだ」

聞き慣れた鐘の音に目を覚まし、猪吉はゆっくり身体を起こした。障子は閉まっているけれど、外は明るくなってきている。今さっき鳴ったのは、明け六ツ（午前六時）の鐘に違いない。

部屋の中を見渡せば、凝った造りの茶簞笥と白木の神棚が目に入る。奥の部屋の衣紋竹には粋筋の女が好みそうな着物がぶらさがっていた。

どうやら、ここは芸者か妾の家のようだな。俺はいったいどういうわけで、こんなところにいるんだか。

酔って見知らぬ相手の家で目覚めたことは何度もある。しかし、白粉くさい女の家に転がり込んだのは初めてだ。

昨夜はうさぎ屋で飲んでいて……いい気分になったところで、おやじに追い出されたんだよな。それから別の店で飲み直そうとして……道を歩いているときに、誰かに声をかけられたような……。

眉間にしわを寄せまくり、何とかそこまで思い出す。だが、二軒目にどこへ行ったのか、なぜここで寝ているのかはわからない。

いずれにしても、吹きっさらしの往来で寝ていなくて助かった。丈夫が取り柄の俺だって、さすがに風邪をひいちまう。

酒臭い自分にうんざりしながら、長火鉢に手をついて立ち上がる。すると、長火鉢の向こう側で女が倒れているのが見えた。どうやらあちらも飲みすぎて、布団で寝られなかったらしい。

酔ったはずみのこととはいえ、不用心な女だな。少しは酒を控えないと、いずれ痛い目を見るぞ。

自分のことは棚に上げ、猪吉はうつぶせの女を見下ろす。そして軽く咳払いをして、猫なで声でささやいた。

「あの、昨夜は迷惑をかけたようで申し訳ねえ」

目を覚ました女がいきなり悲鳴を上げたら困る。用心しながら声をかけたが、女はまったく動かない。

猪吉は声を大きくした。

「おい、大丈夫かい」

まさか酒の飲みすぎで、具合が悪くなったのか。

心配になって抱き起こすと、女の目は開いていた。血走ったその二つの目が何も映していないのは明らかである。猪吉はびっくり仰天し、冷たい身体を放り出す。

「ひぃっ」

情けない悲鳴をどうにか呑み込み、女の顔を二度見した。

誰かと思えば、こいつは「稲葉屋」の妾のお絹さんじゃねぇか。年寄りならいざ知らず、三十路になったばかりの女がどうしてぽっくり逝ってんだ。

稲葉屋は横山町にある油問屋で、猪吉はお絹に頼まれて簪を作ったことがある。こんな形でまた会うなんて夢にも思っていなかった。

立ち上がろうと思ったが、足に力が入らない。少しでも亡骸から遠ざかるべく、尻をつけたまま後ずさる。

人が死にかけているのも知らないで、そばでぐうすか寝ていたなんて。もしも夜中に目覚めていたら、お絹さんを助けられたのか。

居たたまれない気分になったけれど、今さら悔やんでも始まらない。ひとまず稲葉屋に足を運び、このことを伝えるべきだろう。

だが、「どうして妾の家にいた」と問い質されたら厄介だ。猪吉はこわごわ亡骸に目をやって、白い首に残っている絞められた痕に気が付いた。

「こ、こ、こっ」

鶏のような声を上げ、両手で自分の口をふさぐ。お絹は酒を飲みすぎて、卒中で死んだのではなかったようだ。

いったい誰がこんなことを。稲葉屋の御新造が嫉妬に駆られてしたことか。それとも、性質の悪い物取りに女のひとり暮らしと狙われたのか。

殺されたとわかったからには、見て見ぬふりは後生が悪い。「稲葉屋の妾が殺された」と番屋に届けるべきだろう。

猪吉はそう思いかけ——次の瞬間、かぶりを振った。

酒臭いこの恰好で訴え出れば、「酔った勢いで、おまえが殺したんだろう」と十手持ちに決めつけられる。人殺しの下手人としてお縄になるくらいなら、寒い往来で一晩寝て風邪をひくほうがましだった。

こんなところを他人に見られたら身の破滅だ。

一刻も早く逃げねぇと。

猪吉は震える足に力を込め、柱に縋って立ち上がる。ほんの少し障子を開けて、表の様子をうかがった。

稲葉屋が用意した別宅は、田原町の裏通りにある一軒家だ。目立たない場所にあることが今の自分にはありがたい。

わずかに気を取り直して、三和土に転がっていた自分の下駄を拾い上げる。それから足音を忍ばせて裏木戸から表に出た。

表通りに出たところで、朝から元気なあさり売りや納豆売りとすれ違う。猪吉は慌てて顔を伏せた。

どうか、知り合いに会いませんように。

心の中で祈りながら、猪吉は並木町の我が家へ急いだ。

長屋に帰った猪吉は後ろ手で腰高障子を閉める。ぴしゃりという音がした瞬間、張り詰めていたものがぷつりと切れる。土間にへなへなとしゃがみ込み、両手で頭を抱えてしまった。

「……これからどうすりゃいいんだ」

途方に暮れて目を閉じれば、無念の形相で死んでいたお絹の顔が浮かんでくる。俺を恨んでくれるなよと、西に向かって手を合わせた。

「それにしても、俺は何でお絹さんのところにいたんだろう」

お絹は着物姿で絞め殺されて、長火鉢の横に倒れていた。布団も敷かれていなかったから、夜の更けぬうちに殺されたに違いない。

俺があの家に行く前にお絹さんは殺されていたってことか。下手人は俺に罪を着せるために、酔い潰して運びやがったな。

そう思い当たった刹那、猪吉は震える我が身を抱き締めた。

自分の酒癖――五合を超えると酔っ払い、次に目覚めたときは何ひとつ覚えていないことを知り合いはみな知っている。

あのままあそこで寝ていたら、今頃どうなっていたことか。お絹の家は通いの小女がいたはずだ。その娘に見つかって、町方に捕らえられていただろう。

いつもより早く目が覚めたのは、観音様のご加護に違いねえ。こうなりゃ、何が何でも昨夜のことを思い出し、身の証を立ててやる。

猪吉は再び目を閉じて、左右のこめかみを指で押す。だが、胸の鼓動が速まるばかりで、あいにく何も浮かんでこない。

いくら酔っていたとはいえ、たかが半日前のことだ。どうして思い出せないのかと、悔しくて歯ぎしりしてしまう。

うさぎ屋のおやじの言う通り、酔っ払う前に帰ればよかった。いや、忠太さえそばにいてくれれば、こんなことにはならなかった。弟分のくせに生意気なことをぬかしやがって。

肝心なことは思い出せず、どうでもいいことばかり頭に浮かぶ。猪吉は眉間にしわを寄せ、竈の煙で煤けた壁を睨みつけた。

かろうじて覚えているのは、うさぎ屋を出たところまでだ。その後、往来で誰かに会って……「嫌なやつに会った」と思った気がする。でも、相手に「奢る」と言われたんで、そいつについて行ったんだよな。

頭の中に残っているかすかな手がかりをかき集め、何とか思い出そうとする。今にして思えば、酒癖の悪い自分を知り合いが酒に誘うのはおかしな話だ。

「奢る」と言ったあの男が俺を罠（わな）にはめたのだろう。

会いたくない男と言えば、さて誰がいただろうか。しゃがんだまま考え込んでいたら、腰高障子が叩かれた。

「あにい、いるかい」

忠太の声に驚いて、猪吉は飛び上がりそうになる。時刻はまだ六ツ半（午前七時）にもなっていない。他人を訪ねるには早すぎる。

まさかと思うが、さては忠太が仕組んだのか。酒に付き合わされた恨みを晴らそうと、お絹さんを殺して兄弟子を陥（おとしい）れやがったな。こんな時刻にやってきたのは、長屋に帰っていないことを確かめるために違いない。

そうだ、そうに決まってる。

こいつがぜんぶ悪いんだ。

猪吉が怒りに震えたとき、障子越しに声がした。

「やっぱり帰っていねぇのか。日が高くなる前に捜（さが）しにいってやらねぇと」

思いがけない呟（つぶや）きに知らず耳をそばだてる。もし忠太が下手人なら、こんなことを言うだろうか。

猪吉は慌てて立ち上がり、腰高障子に飛びついた。

「あれ、あにい。いたんですかい」

振り向いた忠太の顔が猪吉を見てほころぶ。牛を思わせる呑気な笑みに猪吉の胸が熱くなる。こんな顔をするやつが兄弟子を陥れたりするものか。

一昨日まではどれほど酔っても、自分の長屋で目覚めていた。それがどれほどそれがどれほどありがたいか、今朝目が覚めて身に沁みた。

「すまねぇ。おめぇには迷惑をかけた」

立ったまま深く頭を下げれば、忠太が焦った声を出す。

「あにい、頭を上げてくだせぇ。急にどうしたってんです」

二人で土間に立ったまま、猪吉はつい尋ねてしまった。

「なあ、どうすれば、酔って忘れたことを思い出せるかな」

「何か厄介なことがあったんですかい。長屋に帰っているってこたぁ、昨夜は飲みすぎなかったんでしょう」

忠太は首を傾げてから、「それにしちゃあ、酒臭ぇ」と眉を寄せる。猪吉は顔をこわばらせた。

「べ、別に、昨夜は何ともねぇけどよ。そ、その、何だ。おめぇが実のねぇ詫びを口にするなと言ったから、ちゃんと思い出すべきかと思ってよ」

　さすがに「目覚めたら、女が死んでいた」と打ち明けるのはためらわれる。「酔ったはずみで殺したのか」と、疑われるのが関の山だ。

　適当な言い訳を口にしたら、忠太が大きな身を乗り出す。

「あにい、俺の気持ちをわかってくれたんですか」

「え、えっと、まあな」

「だったら、今までのことは水に流しやす。これから酒を控えてくれれば十分でさ」

　いや、酒を控えるつもりはないが――言い返しそうになった言葉をすんでのところで呑み込んだ。

　思えば、酒の飲みすぎで殺しの下手人になりかけている。まったくもって不本意だが、少し控えるべきだろうか。牢屋に入ってしまったら、酒が一滴も飲めなくなる。

　それはさておき、昨夜のことは是が非でも思い出さないと。猪吉はおもねるように言った。

「それじゃ、俺の気がすまねぇ。何としても思い出して、おめぇにきちんと詫びてぇんだよ」

「あにいがそこまで言ってくれるなんて……七福の若旦那の言う通りにして、本当によかった」

よほどうれしかったのか、忠太は涙ぐんでいる。感極まった呟きに猪吉はふと眉をひそめた。

「おい、七福の若旦那の言う通りってなぁ、何のことだ」

七福はこの町内にある大きな酒屋だ。品揃えがいい上に、酒の味見もさせてくれる。猪吉は家で飲む酒をいつも七福で買っていた。

だが、下戸の忠太は酒屋に用などないはずだ。探るような目を向けると、弟分はへらりと笑った。

「あそこの若旦那は酒の悩みの相談に乗ってくれるんです。あにいのことを相談したら、俺が甘やかすのがいけねぇと言われやした」

では、急に態度を変えたのは、そのせいか。そいつが余計な入れ知恵をしなければ、忠太は昨夜も付き合ってくれたに違いない。

俺は七福でさんざん酒を買ってんだ。得意客の足を引っ張るなんて、商人の風上にも置けねぇ。猪吉はたちまち腹を立てた。

「だったら、俺の酒の悩みも相談に乗ってもらおうか」

酒屋の若旦那なら、酔っ払いにも詳しいだろう。酔って忘れたことだって思い出させてくれるはずだ。

思わずこぶしを固めれば、忠太が驚いた顔をした。

三

七福は酒屋だが、店の隅で立ち飲みもできる。

時刻は朝五ツ（午前八時）を過ぎたところで、いつもなら迎え酒を軽くひっかけるところである。

しかし、今日はさすがにやめておいた。お絹殺しの下手人を突き止めないと、うまい酒が飲めそうにない。

俺が酒を飲まなかったら、七福だって困るだろう。若旦那も親身になって相談に乗ってくれるに違いねぇ。

猪吉は勝手にそう思い、忠太に連れられて七福の母屋に乗り込んだ。ところが、出てきた若旦那はにこりともしない。

「あたしがこの店の跡取り、幹之助です。猪吉さんにはご贔屓にしていただいているようで、ありがとうございます」

言葉は礼儀正しいものの、声の響きが刺々しい。猪吉はむっとして片方の眉を撥ね上げた。

ひょろりと生っ白くて、いかにも大店の跡継ぎって感じだな。裕福な家に生まれただけで、何の修業も苦労もせずに楽しく暮らしていけるのか。

目が細すぎて二枚目とは言えないが、狐顔は亀顔よりはるかに女に好かれるだろう。よろず恵まれている相手を見て、猪吉は非常に面白くない。

だが、隣にいる忠太の手前、さも反省しているふりをする。「酔って忘れたことを思い出したい」と口にすれば、幹之助は目を眇めた。

「今さら思い出してどうするんです」

「そ、そりゃ、こいつに迷惑をかけたから。何をやったか思い出して、改めてちゃんと詫びてぇと」

詰まりながらも言い返すと、小馬鹿にするように笑われた。

「猪吉さんが思い出したところで、忠太さんの蒙った数々の迷惑がなくなるわけじゃありません。本当にすまないと思うなら『今後は酒で一切面倒をかけません』と、念書でも書いたらどうですか」

「お、俺はそんなもんいりません」

　忠太が慌てて口を挟むが、幹之助は取りあわなかった。

「そうやって忠太さんが甘やかすから、猪吉さんが図に乗るんです。これ以上飲んではいけないとわかっていて、それでも飲んでしまうなんてだらしがない。酒飲みの風上にも置けません」

　初対面の相手から、そこまで言われる覚えはない。猪吉はあからさまに顔をしかめた。

「酒屋にとって酒飲みは上得意だろう。憚りながら俺だって七福にはずいぶん貢いでいるぜ」

　幹之助は皮肉っぽく口の端を上げた。

「酒は飲んでも飲まれるな。きれいに飲んでいただけるなら、一升どころか一斗（十升）飲んでも構いません。けれど、飲んで迷惑をかける人は酒屋の一番の仇です。酔っていろいろやらかしては、『酒のせいだ』と言ってごまかす。そういう困った酒飲みのせいで、酒が悪く言われるんです」

「それは……」

「酔って忘れてしまったなんて、それこそ酔っ払いの戯言です。酔っていようが、忘れていようが、やったことは消えません」

　いちいち身に覚えがありすぎて、居たたまれなくなってしまう。幹之助は険しい表情で話を続けた。

「しかも、猪吉さんは酔った自分の面倒を見させるために、下戸の忠太さんを毎晩芋酒屋に連れていったというじゃありませんか。酒は毎晩同じでも飽きませんが、お菜はそうもいきません。飲めない人を連れていくなら、どうしてお菜がたくさんある居酒屋にしないんです」

では、毎晩通ったのが芋酒屋でなければ許されたのか。猪吉が首を傾げたとき、忠太が再び割って入った。

「俺は飲んだくれてるあにいが心配だっただけで……あんまり酒を飲みすぎると、手が震えて凝った細工ができなくなると聞いたから」

その話は猪吉も聞いたことがある。だが、「自分はまだ大丈夫」と聞き流していたのである。

忠太の気持ちはうれしいが、おかげでこっちはさんざんだ。こっそりため息をついたとき、小僧が慌てた様子で駆け込んできた。

「若旦那、大変です。田原町のお絹さんが殺されたそうですよ」

「定吉、口を閉じなさい。お客様がいるんだよ」

幹之助にぴしゃりと言われ、小僧が口を押さえて頭を下げる。出ていこうとした小さな背中を猪吉はとっさに呼び止めた。

「お絹さんなら俺も知っている。殺されたってのは本当か」

「はい、十手持ちの親分さんがそう言っているのを聞きました」

「下手人はわかったのかい」

「さあ、存じません」

頼りない返事にがっかりしたが、まだ五ツ半（午前九時）になったばかりだ。無理もないかと思っている間に、小僧はそそくさと出ていった。

「猪吉さんは、お絹さんとどういう知り合いだったんです」

いきなり若旦那から尋ねられ、心の臓が音を立てる。猪吉はこわばる顔を隠すべく、自分の膝に目を落とす。

「去年、お絹さんに頼まれて銀の平打ち簪を作ったんでさ。若旦那こそ、お絹さんと付き合いがあったのかい」

「頼まれて簪を作ったのならご存じでしょう。あの人は稲葉屋さんの世話になっていましてね。旦那が通ってくる日には、さっきの定吉が酒を届けていたんです」

それで小僧はお絹の死を聞いて仰天し、ここへ駆け込んできたってのか。

幹之助によれば、旦那が来るのは二と八のつく日だったという。昨夜は二十三日だから、旦那のいない日だ。

「気の毒にな。家にひとりでいるところを殺されるなんて」

ため息混じりに漏らしたとたん、若旦那と目が合った。

「どうしてお絹さんが家にいたと思うんです」

「そ、そりゃ、今の小僧が」

「定吉は『お絹さんが殺された』としか言っていません。殺されたのであれば、亡骸が家で見つかったとは限らないでしょう」

理詰めで問い詰められて、しまったと思っても後の祭りだ。返す言葉に困っていたら、「そういえば」と若旦那が呟いた。

「猪吉さんは酔っ払ってしたことを何も覚えていないんですよね。酔って取り返しのつかないことをして、それを思い出したらどうします」

当てこするような言葉を聞き、背筋に冷たいものが走る。凍りついた猪吉に幹之助はとどめを刺した。

「人を殺していたとしても、酒のせいにする気ですか」

「違う。俺は殺してねぇっ」

思わず言い返してしまい、我に返って口を閉じる。察しの悪い弟分は、わけがわからずおろおろしていた。

「若旦那、殺しってなぁ何のことです」

「猪吉さんがお絹さんを殺したかもしれないってことですよ」

「俺はお絹さんを殺しちゃいねぇ」

かくなる上はどこまでも己の無実を訴えるだけだ。若旦那は腕を組み、冷ややかな目で猪吉を見る。

「察するに猪吉さんは今朝、お絹さんの家で目が覚めたんでしょう。そして、死んでいるお絹さんを見て、怖くなって逃げ出したんじゃありませんか」

八卦見でもあるまいし、どうしてそんなことがわかるのか。

見事に状況を言い当てられて、忠太は目を剝き、猪吉は怯える。薄気味悪く思っていたら、幹之助が鼻を鳴らした。

「そうでなければ、『家にひとりでいるところを殺された』なんて思いませんし、朝っぱらから『酔って忘れたことを思い出したい』と相談にも来ないでしょう。

猪吉さん、こういうのを身から出た錆と言うんですよ」

　したり顔に腹が立ったが、こっちの分が悪すぎる。それでも、これだけは言っておきたい。

「確かにおっしゃる通りだが、俺はお絹さんを殺しちゃいねぇ。どれほど酔っていたって人を殺したりするもんか」

「どうして断言できるんです。昨夜酔った自分が何をしたか、まるで覚えていないんでしょう」

　嘲るように言われれば、情けないが言い返せない。歯ぎしりする猪吉に代わって、忠太がおもむろに口を開いた。

「若旦那、あにいはどんなに酔っていようと、絶対に人を殺したりしねぇ。この俺が請け合います」

「そんなことを言っていいんですか。酔ったあにいは何をしでかすかわからないと言っていたじゃありませんか」

「ええ、そうです。でも、あにいに人は殺せねぇ。だから、お絹さんを殺したのは、猪吉あにいじゃありやせん」

　きっぱり言いきる弟分に猪吉は涙が出そうになる。自分はほんの一瞬とはいえ弟分を疑ったのに、忠太は自分を信じてくれた。

若旦那は食い入るように忠太を見つめ、やや して静かに立ち上がった。

「忠太さんがそこまで言うのなら、ひとまず信じてみましょうか。定吉、立ち聞きをやめて出ておいで」

言葉と共に襖を開けると、ばつの悪そうな小僧が「お呼びでしょうか」と顔を出す。驚く猪吉たちを尻目に、幹之助は小僧に命じた。

「お絹さんはうちのお客だ。親分さんから殺しについて詳しい話を聞いておいで」

「親分さんが教えてくれなかったら、どうしましょう」

「そこは自分で考えておくれ」

子供相手にそんな指図の仕方があるか。猪吉は内心舌打ちしたが、小僧はなぜか目を輝かせ、「わかりました」と出かけていった。

四

「下手人はお絹さんと猪吉さん、両方に関わりのある人物でしょう」

猪吉が昨夜から今朝にかけて覚えていることを語り終えると、幹之助はすぐにそう言った。

自分とお絹に関わりのある人物と言えば、思い付くのは稲葉屋の主人くらいである。ためらいがちに口にすると、若旦那は首を左右に振る。

「妾が気に入らなければ、追い出せばすむ話です。わざわざ殺したりしないでしょう」

それもそうかと思ったとき、今度は忠太が口を開いた。

「じゃあ、稲葉屋の御新造さんじゃないですか。憎い妾を殺したついでに、妾の簪を作った職人を陥れようとしたのかも」

「御新造さんが猪吉さんの酒癖を知っていたとは思えません。百歩譲って知っていたとしても、女の細腕で酔っ払った猪吉さんを田原町の家まで運ぶのは難しい。下手人は男だと思います」

「金で男にやらせたとか」

「そんなことをすれば、一生その男に強請(ゆす)られます。大店の妻女(さいじょ)はそこまで馬鹿じゃありませんよ」

ごもっともな説明に忠太が唸(うな)る。そして、ぐるりと首を回してから、「あっ」

と大きな声を上げた。

「だったら、幸助あにいじゃありませんか」

同い年の弟弟子の名を聞いて、猪吉はぎょっとした。

「やつはお咲さんの婿に決まったところだ。どうしてお絹さんを殺すんだよ」

「あにいだって知ってるでしょう。幸助あにいの女癖の悪さを」

「そりゃ、知ってるが」

いくら何でも大店の主人の囲い者に手を出したりしないだろう。猪吉は訝しく思ったが、幹之助は手を打った。

「なるほど。別れ話がこじれてお絹さんを絞め殺し、酔った猪吉さんと出くわして、下手人に仕立てようとしたわけですか」

「ちょ、ちょっと待ってくれ。俺は幸助にそこまで恨まれる覚えはねぇ」

仲はよくなかったものの、人殺しの罪を着せられるほど恨まれていたとは思えない。異を唱えた猪吉に、忠太がなぜかため息をつく。

「馬鹿を言っちゃいけません。幸助あにいは昔から猪吉あにいを恨んでます。簪作りの腕前では、猪吉あにいにかなわねぇから」

親方の跡を継げば、幸助の立場は猪吉よりも上になる。だからこそ、腕前で劣ることがさらにつらくなるはずだ——うがった見方を披露(ひろう)されて、猪吉は目をしばたたく。

言われてみれば、そうかもしれない。おまけにうっかり忘れていたが、幸助は「会いたくない男」なのだ。猪吉がかすかに覚えていることを告げると、幹之助も納得したようにうなずいた。

「まずは、幸助さんとお絹さんの仲をはっきりさせないといけません。お絹さんは稲葉屋さんの妾ですから、間男(まおとこ)に会うときはとことん人目を避けていたでしょう。これは案外、裏を取るのに骨が折れるかもしれませんね」

二人がただの知り合いなら、幸助がお絹を殺す理由はない。どうすれば二人の仲を調べることができるのか。

お絹の使っていた小女に探りを入れてみるか。いや、稲葉屋の目を憚って、小女のいるときに男を連れ込んだりしねぇだろう。世間には人目を忍ぶ場所が掃(は)いて捨てるほどあるんだから。

三人ともうまい思案が出ないまま時は過ぎ——じき四ツ半(午前十一時)になるというところで、小僧が座敷に入ってきた。

「若旦那、ただ今戻りました」

「ああ、定吉。お調べは進んでいるようかい」

「明け六ツ過ぎに、お絹さんの家の近くで怪しい男を見たというあさり売りがいるようです。親分さんはその男の人相書きを作るそうですよ」

小僧はそう言ってから、ちらりと横目でこっちを見る。

猪吉は恐怖で血の気が引いた。

自分を見たというあさり売りはどこまで覚えているだろう。もし十手持ちが踏み込んできたら、人違いだとしらばっくれるべきなのか。うろたえる猪吉とは反対に、幹之助は目を輝かせる。

「人相書きか。そいつはいい考えだね」

何がいい考えなものか。猪吉が食ってかかろうとしたとき、幹之助がこっちに身を乗り出した。

「猪吉さんは腕のいい簪作りの職人だもの。似顔絵を描くくらいお手のものでしょう」

「……いったい誰の似顔絵を描けってんだ」

簪の下絵を描くため、花や鳥の絵は得意である。人の顔も描いて描けないことはない。

「もちろん、幸助さんの顔ですよ」

こっちも人相書きを使って、お絹と幸助の仲を調べようということか。猪吉は勇んで紙と筆を貸してもらった。

顔は面長で鼻筋は通り、目は少し下がり気味……幸助の顔を思い浮かべ、猪吉は筆を走らせる。でき上がった似顔絵を忠太に見せたところ、「さすがは、あにい。そっくりだ」と太鼓判を押された。

それを横から小僧がのぞき、一人前に眉を寄せる。

「何だい、変な顔をして。その顔に見覚えがあるのかい」

幹之助の問いかけに、小僧は答えることなく問い返す。

「この人がどうかしたんですか」

「お絹さんを殺した本当の下手人かもしれないんだよ」

若旦那の答えを聞くなり、小僧は目を丸くした。

「でも、この人はお絹さんの」

小僧はそう言いかけて、慌てて両手で口をふさぐ。たちまち、幹之助の目つきが変わった。

「定吉、怒らないから知っていることをすべて白状おし」

ことさらゆっくり命じられ、小僧は目をうろうろさせる。それから観念したように、順序立てて話し出した。

お絹は酒を届けに行くと、いつも決まってお菓子をくれた。そのため、田原町に行くときは、できるだけお絹の家の前を通るようにしていたらしい。

「ばったり顔を合わせたら、お菓子をくれるんじゃないかと思って……そうしたら、お絹さんの家からこの絵の男が出ていくところを見かけたんです」

そのときお絹に呼び止められて、「このことは誰にも言わないで」と頼まれた。そして、より高価な菓子をもらえるようになったとか。

寄り道ともらい食いを白状する羽目（はめ）になり、小僧はひたすらかしこまる。幹之助は目をつり上げた。

「おまえは本当に油断ならないね。お絹さんが高価なお菓子をくれる意味をちゃんとわかっていたんだろう」

どうやら図星（ずぼし）だったようで、小僧がさらに落ち着きをなくす。この子は幸助が間男と承知の上で、菓子をもらっていたらしい。

呆気（あっけ）にとられる猪吉の横で、忠太がはしゃいだ声を上げた。

「何はともあれ、これで幸助あにいの仕業（しわざ）だってはっきりしましたね」

少々複雑な心持ちだが、猪吉も顎を引く。しかし、幹之助はかぶりを振った。

「いいえ、まだ駄目です」

「どうしてです。猪吉あにいにお絹さんを殺す理由はない。幸助あにいには理由がある。猪吉あにいの困った酒癖も知っているし、下手人は幸助あにいに決まってまさぁ」

猪吉をかばって忠太の鼻息が荒くなる。腰を浮かせて詰め寄られても、幹之助は引かなかった。

「傍から見れば、猪吉さんに理由なんていりません。酔ったはずみで手にかけたことになるんですから」

「そんな乱暴な」

「ですが、現にそういう人はいるでしょう。おまけに当の猪吉さんが何も覚えていない。幸助さんがやっていないと言い張れば、今朝、姿を見られた猪吉さんのほうがはるかに疑わしいんです」

じっと目を見て言いきられ、忠太の尻がどすんと落ちる。猪吉は縋るような目を若旦那に向けた。

「じゃあ、いったいどうすれば」

「幸助さんに自分がやったと白状してもらうしかないでしょう」

幹之助はにやりと笑った。

五

幸助を呼び出したのは、お絹の家のそばにある小さなお稲荷(いなり)さんの祠(ほこら)の前だ。間もなく約束の夜四ツ(午後十時)というとき、猪吉はそこに到着した。

昨夜のことはすべて思い出した。会って話したいことがある――幹之助の指図で書いた文(ふみ)を定吉に届けてもらった。幸助の顔をちゃんと確かめてもらったところ、小僧は「お絹さんのところで見た男に間違いない」と断言した。

やつが本当に下手人なら、必ずひとりでやってくる。猪吉の酒癖を知っていても、町方が猪吉を追っているとわかっていても、「思い出した」と書いてあれば、無視することはできないはずだ。

――恐らく向こうは猪吉さんの口を封じようとするはずです。そこを十手持ちの親分に見せて、捕らえてもらえばいい。

幹之助の考えを聞いたとき、猪吉は「冗談じゃねぇ」と叫んでしまった。どうして自分が命がけで囮を務めなければならないのか。

しかし、「他に思案がありますか」と言われれば、従わざるを得なかった。

こういうときは一杯やって、勢いをつけなきゃ駄目なんだ。生まれたときから酒屋の倅をしているくせに、本当に気が利かねぇな。

じき三月になるとはいえ、夜更けになれば身体が冷える。猪吉は手に持った提灯を掲げ、祠のそばにある見事な楠の木を見上げた。

祠の後ろには幹之助と忠太が隠れている。この木の陰には幹之助に頼まれた十手持ちが潜んでいるはずだ。

大丈夫。たとえ幸助が人殺しでも、俺には十手持ちがついてんだ。いざというときは助けてくれるに決まってる。

弱気な自分に言い聞かせていたら、四ツを告げる浅草寺の鐘が鳴り出した。まずは捨て鐘が三回、それから時を告げる鐘が四回撞かれる。

町木戸が閉まる時刻を過ぎれば、人影は極端に少なくなる。時の鐘が鳴り終わっても、幸助の姿は見えなかった。

あの野郎、何をもたしていやがる。まさか来ないつもりなのか。

暗闇の中で待つ身は長い。どこかで犬の鳴き声がするたび、びくりと身体が揺れてしまう。短気な猪吉が舌打ちしたとき、ようやく幸助が提灯を手にゆっくり近づいてくるのが見えた。

「すべて思い出したってなぁ、どういうことです」

真っ先にそう尋ねられ、猪吉はごくりと唾を呑む。ここでうかつなことを言って、嘘がばれたらおしまいだ。

「もちろん、あの晩にあったことのすべてだ。目が覚めて人が死んでいたら、いくら俺でも酔っていたときのことを思い出すぜ」

「それで、どうして俺をここへ」

「俺はおまえがやったところをこの目で見たわけじゃねぇ。番屋に届け出る前に、確かめておこうと思ったんだよ」

お絹が生きている家に酔った猪吉を連れていけない。自分があの家に行ったとき、すでに殺されていたはずだ。

言葉を選びつつ答えれば、幸助が片頬だけで笑う。

「あにいが番屋に訴え出れば、そのままお縄になるだけだ。亀みてぇな男がこそこそ逃げていくところを棒手振りが見ていやすから」

十手持ちに探りを入れたのは、定吉だけではなかったらしい。猪吉は卑怯な相手を睨み返した。

「そういうおまえだって、お絹の家に出入りしているところを見られてるぜ」

「何だと」

「二人の仲はばれていねぇと思っていたのか。おめぇが稲葉屋の妾とできてることぁ、とっくに知られているんだよ」

嘲笑（あざわら）うように言いきれば、突然幸助の提灯が消える。何事だと慌てた次の瞬間、猪吉の首にいきなり縄が巻き付いた。

「余計な手間をかけさせやがって。本当なら、今朝のうちにお絹殺しの下手人としてお縄になっていたはずなのに」

いつの間に後ろに回ったのか、首を容赦（ようしゃ）なく絞められる。猪吉は提灯を放り出し、両手で縄を摑（つか）んで抗（あらが）った。

「や、やめろっ」

「誰がやめるか。おめぇは酔った勢いでお絹を殺し、その罪を悔いて首をくくるんだ。すぐそばにお誂（あつら）え向きの木があるから、おめぇが死んだらつるしてやるぜ」

そんなことまで考えて縄を用意してきたのか。死に物狂いで抗いつつも、だんだん呼吸ができなくなる。

隠れて様子を見ているはずの十手持ちは何をしている。忠太の野郎、いくら牛に似ているからって、ノロノロしているんじゃねえぞ。このまんまじゃ、本当に絞め殺されてしまうじゃねぇか。助けが遅れて死んじまったら、化けて出てやるからな。

心の中で叫んだとき、「うおおっ」という声がして、幸助の手から力が抜けた。すかさず逃れた猪吉は咳き込みながら振り返る。すると、牛は牛でも地獄の番人、牛頭になった弟分が幸助の首を絞め上げていた。

「この野郎、あにいに何をしやがるんだ」

大男の怪力に幸助は白目を剝いている。それに気付いた幹之助が血相を変えて止めに入った。

「忠太さん、もうやめてください。おまえさんが人殺しになりますよ」

「そうだ。隠れている親分さんにお縄にしてもらおうぜ」

猪吉も慌てて続いたところ、幹之助に謝られた。

「すみません。親分は呼んでいないんです」

「えっ」

「猪吉さんは町方に追われています。ここに連れてくれば、幸助さんが来る前におまえさんがお縄になりますよ」

「……………」

「それに幸助さんは優男だと聞いていたので、忠太さんがいれば大丈夫だと思ったんです。ああ、ちょうど縄がありました。これで縛って番屋に突き出してやりましょう」

まるで悪びれない若旦那に猪吉は開いた口がふさがらなかった。

こうして幸助はお縄になり、町方の取り調べでお絹殺しを白状した。

それを知ったお咲は熱を出して寝込んでしまった。一緒になろうとした相手が人を殺したのだから無理もない。かわいそうにと思う反面、猪吉はこっそり溜飲を下げた。

「考えようによっては、祝言を挙げる前でよかったよな」

「ええ、今度こそ親方はあにいを婿に選びますよ」

三月四日の昼下がり、お咲の具合がよくなったと聞いた猪吉と忠太は、親方の家に向かっていた。

「最初から猪吉あにいを婿に選んでいれば、お絹さんだって殺されなかったかもしれないのに」

幸助がお絹を手にかけたのは、案の定、別れ話のもつれらしい。

縁談の決まった幸助が「今日で最後にしたい」と言ったところ、お絹が「嫌だ」と言い張ったので、絞め殺してしまったとか。その後、酔っ払っている猪吉を見かけ、下手人に仕立てることを思い付いたという。

忠太の言い分はもっともだが、お絹にしても身から出た錆だ。妾が殺されて気落ちしていた稲葉屋は、嘆くのをやめたと聞いている。

世の中、何が幸いするかわからない。猪吉はそんなことを思いつつ、親方の家の敷居を跨いだ。

「親方、お咲さんの具合はどうですか」

「猪吉、忠太、心配をかけてすまねぇ。熱も下がってようやく落ち着いたところだ。それにしても、幸助が人を殺すようなやつだとは……」

まだ心の整理がつかないのか、親方がつらそうに言葉をにごす。それから、ためらった末に口を開いた。

「それで、お咲のことなんだが」

「へえ」

「ほとぼりをさましたほうがいいんだろうが、おまえたちも知っての通り、あいつはもう二十二だ。さらに婿取りが遅くなるのもかわいそうだと思ってな」

親方としては、自分のせいで行き遅れた娘を早く幸せにしたいのだろう。猪吉と忠太はうなずいた。

「こんなことがあったからこそ、祝い事は早いほうがいいと思いやす」

「お咲さんだってそのほうが早く忘れられるでしょう」

弟子たちの言葉に親方の肩から力が抜けた。

「そう言ってもらえるとありがてぇ。俺も今度のことで、人は見た目じゃなくて中身が大事と思い知ったぜ」

ため息混じりの言葉を聞いて、猪吉は内心にやりとする。これは忠太が言った通り、自分を婿にする決心がついたようだ。

「俺も今度のことで反省しました。これからは決して深酒なんぞいたしません」

「そう言ってもらえると、俺も安心だ。よりいっそう仕事に励(はげ)んでくれ」

「へえ」

猪吉が力強く請け合うと、親方が満足そうに目を細める。そして、忠太のほうに身を乗り出した。

「猪吉もこう言っている。おめぇはお咲と一緒になって、一日も早く猪吉みてぇな腕のいい職人になってくれ」

「はあ？」

間の抜けた声を上げたのは、二人同時だった。親方は上機嫌で話を続ける。

「忠太は幸助に殺されかけた猪吉を助けたっていうじゃねぇか。やっぱり、男はいざというとき、頼りになるやつが一番だ」

「はあ」

猪吉は気の抜けた返事をし、忠太は無言で青ざめる。

「それを知ったお咲が、ぜひ忠太と一緒になりたいと言い出してな」

「で、でも、俺はお咲さんより年下で」

ようやく我に返った忠太が両手を振って異を唱える。それでも、親方の態度は変わらない。

「たかが二つじゃねぇか。姉さん女房はいいもんだぜ」

「しょ、職人としてもまだまだで」

「腕が未熟でも、見た目がぱっとしなくても、人として立派な人がいい。お咲はそう言ってんだ」

猪吉は返事に困っている弟分を横目で見た。

腕は悪いし、要領も悪い。けれども、それらを補って余りあるほど人がいい。酒癖の悪い兄弟子に付き合い、その無実を信じてくれた。殺されそうになったときは、身体を張って助けてくれた。

今度のことでお咲さんもようやく目が覚めたのか。俺もそろそろ目を覚まさないといけねぇな。

職人としてはこっちが上でも、人としては忠太が上だ。お咲さんと忠太なら、似合いの夫婦になるだろう。

「俺もお咲さんの婿にはこいつがいいと思います」

猪吉に背を叩かれて、忠太が驚いて飛び上がる。

「あにいっ」

「こいつの腕が未熟なところは、当分俺が支えますから」

まさか、猪吉が賛成するとは思わなかったに違いない。うろたえる忠太と反対に、親方は満面の笑みを浮かべた。

「そうか。おめぇがそう言ってくれると心強ぇ。忠太、どうだ」

ここまで言われてしまったら、忠太はもう断れない。それでも猪吉にすまないと思ったようで、帰り道で頭を下げ続けた。

「あにい、すみません。こんなことになるなんて」

「いいってことよ。その代わり、しばらく酒に付き合えよ」

忠太は困った顔をして、「しばらくですぜ」と念を押す。

猪吉はおもむろに天を仰いだ。

「ああ、飲まなきゃやってられねぇや」

三杯目　極楽（ごくらく）の味

一

梅雨の晴れ間は貴重だが、蒸し暑いのが厄介だ。

大工の又七は鉋から手を離し、肘までまくった袢纏の袖で額に浮かぶ汗をぬぐった。

大工と破れた番傘は、雨の間は出番がない。特にここ三日は雨が続き、作事がちっとも進んでいない。気忙しいのと嫌な暑さで自ずと心が尖ってくる。

こういうときこそ落ち着いて、ゆっくり丁寧にやらねぇと。大きく息を吐いたとき、いきなり「又七っ」と怒鳴られた。

「何をちんたらしていやがるっ。この時期、明日も晴れるかわからねぇんだ。ちゃっちゃと手を動かさねぇか」

兄貴分の伊平の言葉に鉋を摑みかけた手が止まる。又七はしかめっ面を隠すべく、今度は手ぬぐいで顔を拭いた。

田原町にある紙問屋「倉田屋」の庭に離れを建てる――それが又七たちの手がけている仕事である。

依頼主と奉公人がすぐ近くから眺めているので、いつも以上に気が抜けない。この場を仕切っている伊平は、わざと大きな声を上げて「一所懸命にやっている」と周りに示したいのだろう。

しかし、濡れた材木は扱いづらく、降り続いた雨のせいで地べたもひどくぬかるんでいる。言いなりになって急いだら、ひどいしくじりを仕出かしかねない。

こういうときこそ上の者が率先して、「落ち着いてやれ」と言うべきじゃねぇか。ただでさえ、この場には未熟な連中も多いんだから。

又七は内心舌打ちしたが、機嫌の悪い兄貴分に逆らうのも面倒だ。「すいやせん」とだけ言えば、相手の目尻がつり上がる。

「何だぁ、その不満げな面は。文句があるなら言ってみやがれ」

よほど虫の居所が悪いのか。嚙みつかんばかりの剣幕に、年下の大工たちは息を吞む。倉田屋の奉公人たちも横目でこっちをうかがっている。店の中で騒いだら、迷惑がられて当然だ。

急いで仕事させたいのなら、騒がなければいいものを。又七はため息を嚙み殺した。

「俺は別に文句なんて」

「だったら、早いとこ手を動かせっ。ここじゃ、おめぇが俺の次だ。腑抜けた仕事をされたんじゃ、下の連中に示しがつかねぇ」

つまり自分が急いだら、周りも急ぐことになる。

又七は持っていた手ぬぐいを首に巻いた。

「しくじってもいいから、急いでやれ。あにいはそう言うんですかい」

「話をねじ曲げんな。俺はしくじってもいいなんて言っちゃいねぇ」

「見ての通り、足元はぬかるんでどろどろだ。材木を運ぶにしたって、滑らねぇように気を付けなきゃならねぇ。下手に急げば、つっ転ぶのが関の山だ」

「うるせぇっ。ご託はたくさんだ。酔って足場から落ちた半ちくが知ったふうな口を利きやがって」

真っ赤な顔で言い返されて一瞬返す言葉に詰まる。たちまち、倉田屋の奉公人のこっちを見る目が厳しくなった。

だが、一度派手にしくじったから骨身に沁みたこともある。同じしくじりはできないと、又七は伊平をまっすぐ見る。

「あにいがおっしゃる通り、俺は無様にも足場から落っこちやした。それ以来、急がば回れを心がけていやす」

「とことん口の減らねぇ野郎だ。おめぇは大工より噺家になったほうがいいんじゃねぇか。そうすりゃ、高座で口だけ動かしていられるぜ」

弟分に意見されたことがよほど悔しかったらしい。むきになった伊平はよりいっそう唾を飛ばす。騒ぎを大きくしたくなくて又七が口をつぐんだとき、背後からしゃがれ声がした。

「だったら、おめぇは言われた通りにやればすむ荷車押しでもしたらどうだ。おめぇのような考えなしには似合いの仕事だろう」

振り向けば、ごま塩頭の棟梁が腕を組んで立っている。伊平はたちまち顔色を変え、へつらうように腰をかがめた。

「棟梁もあいかわらず口が悪いや。俺は又の野郎が真面目にやらねぇから、ちょいと小言を言っただけで」

「俺に言わせりゃ、真面目にやってねぇのはおめぇのほうだ。ぬかるんだ地べたが滑るくれぇ、餓鬼だって知っているこっちゃねぇか。材木を運ぶ途中でつっ転んでみろ。周りにいる者まで怪我をするぞ」

「ちょいと待っておくんなせぇ。ここにいる連中は餓鬼じゃねぇんだ。ぬかるんだ地べたでつっ転んだら、そいつは本人の気の緩みでしょう。棟梁だって又七が足場から落ちたとき、ぶん殴ったじゃねぇですか」

　口を歪める伊平の前で棟梁は大きくうなずいた。

「そうだな。二日酔いでしくじるのは本人の気の緩みに違いねぇ。だが、下の連中に無理を言うのも、上のやつの気の緩みじゃねぇのかい」

　手厳しい言葉をぶつけられ、伊平の唇の端が引きつる。

「お、俺は作事が遅れたら、棟梁の名に傷がつくと」

「せっかくの心遣いだが、作事の進み具合はお天道様次第だ。下手に怪我人を出されたほうが倉田屋さんだって迷惑だぜ」

　間髪容れずにぴしゃりと言われて、とうとう伊平が黙り込む。棟梁は様子をうかがっていた連中に声をかけた。

「又七が言った通り、今日は地べたがぬかるんでいる。怪我をされると面倒だから、くれぐれも気を付けてやってくれ」

「へい」

「わかりやした」

　急がなくてもいいとわかり、若い大工たちはほっとしたような笑みを浮かべる。面目を潰された伊平は歯ぎしりして踵を返した。

「棟梁、手間をかけてすいやせん」

又七がそばに寄って謝ると、いきなり額を叩かれた。

「何が『すいやせん』だ。伊平の言いなりになって慌てていたら、尻をけっ飛ばしていたところだぜ」

「いくら何でもそいつはねぇ。調子に乗って後悔するのはこりごりでさ」

去年の六月、酒好きの又七は二日酔いの身体で足場に上り、ふらついて足を踏み外した。そのとき、下にいた辰次を下敷きにしてしまったのだ。

人の上に落ちたおかげで、又七は腰をひねっただけですんだ。しかし、辰次は利き腕と右足が折れてしまい、手当てをした医者から「足はともかく、利き手は元のように動くとは限らない」と告げられたのである。

利き手が使えなくなれば、大工としておしまいだ。恐れおののいた又七は土下座をして謝った。

――本当に申し訳ねぇ。こんなことになったのは、俺が昨夜飲みすぎたせいだ。金輪際酒は飲まねぇから、どうか勘弁してくだせぇっ。

三度の飯より酒が好きな男にとって、これが一番のつぐないだった。しかし、辰次の女房から「ふざけんじゃないよっ」と一喝された。

――あんたが酒を断ったところで、うちの人の腕が治るわけじゃない。本当に悪いと思うなら、亭主が稼げるようになるまで毎日金を持ってきな。

その怒声と剣幕に腕の中の赤ん坊が激しく泣き出す。当の辰次は口を一文字に結んだまま一言も発しない。又七は己の行いを悔いることしかできなかった。

もし、辰次の手が元通りにならなかったら……俺は一生独り身のまま、この一家を養っていく。

事故の直後、又七は本気でそう思ったものだ。

幸い、辰次の手と足は医者の診立てより丈夫だった。骨がくっつくとすぐに手足を動かし始め、去年の暮れには見事元通りになってくれた。

――いろいろ心配をかけたが、もう大丈夫だ。目ん玉をひん剝いて、この見事な手の動きをよく見やがれ。

辰次は又七の前で細い釘をたくみに打ち、鋸で材木を寸法通りに切り落とす。さらには三日前に引いたという図面まで見せられて、安堵した又七はその場にしゃがみ込んでしまった。

ここは「おめでとう」と言っていいのか。それとも「ありがとう」と言うべきか。告げる言葉を迷っていたら、右手で肩を叩かれた。

――今夜、うちで一杯どうだい。うちの女房もおめぇに言いすぎた、謝りてぇと言ってんだ。

辰次が怪我をした当初、女房にはさんざん文句を言われた。けれど、あのときは「恨まれて当然だ」と思っていた。「気にしてねぇよ」と手を振ったが、辰次はなかなか引き下がらない。又七がどれほど酒好きか、承知しているからだろう。

とはいえ、こっちは棟梁からも酒を断つように言われている。「酒を飲んだら、破門される」と打ち明けると、ようやく諦めてくれたのだ。

そして、又七は我に返って棟梁を見た。

「ところで、今日はどうしてここへ」

倉田屋の離れはいたって簡単な仕事である。隠居した大旦那のひとり住まいのため、竈を作る必要はない。だからこそ棟梁は伊平にここの差配を任せ、他の作事にかかり切りになっている。

不思議に思って尋ねると、食えない相手はにやりと笑った。

「おめぇが足場から落っこちてじき一年になるだろう」

「あれからおめぇの仕事ぶりを見てきたが、毛ほども浮(うわ)ついたところがなくなった。これぞ怪我の功名(こうみょう)ってやつだな」

「ありがとうごぜぇやす」

「今のおめぇなら、酒を飲んだってしくじることたあねぇわな」

又七はふと、うなずきかけた顔を止めた。

「ええっと、それはつまり」

「鈍(どん)くせぇ野郎だな。もう酒を飲んでもいいと言ってんだ」

告げられた言葉に又七は目をしばたたく。棟梁から「浮ついたところがなくなった」と言ってもらえたのはうれしいが、「また酒が飲める」と喜ぶ気にはならなかった。

「……俺は後悔ってやつを嫌というほど味わいやした。あんな思いをするくらいなら、一生飲まずに辛抱(しんぼう)しまさぁ」

すべてが丸く収まっても、時々夢でうなされる。

足場から落ちる恐怖と自分の下で呻(うめ)いている辰次の姿、般若(はんにゃ)の面(めん)を思わせる辰次の女房の顔、火がついたように泣き続ける赤ん坊……それらは一緒くたになっ

「へえ」

て脳裡にこびりついていた。

　その後、辰次の女房と赤ん坊の笑顔は何度となく目にしている。去年の暮れには辰次を通して「謝りたい」と言われたし、怒りにまかせて言われたことを根に持っているつもりはない。

　にもかかわらず、折に触れて思い出すのは怒りの表情と罵声だった。

「うっかり酒を飲みすぎて、俺が痛い目を見るのは仕方がねぇ。だが、他人を巻き込むのは二度とごめんだ」

　もちろん、酒を飲みたい気持ちが涸れてしまったわけではない。

　厄介な仕事をしているときは、仲間と愚痴をこぼしながらぬる燗で一杯やりたくなる。夏の盛りは冷や酒が恋しくなるし、寒いときは熱燗からただよう甘い香りを思い出して喉が鳴る。

　だが、そのたびに赤ん坊の泣き声が耳の奥から聞こえてくるのだ。

「辰次の身体が元通りになっても、怪我をさせたことに変わりはねぇ。俺は二度と酒を飲みやせん」

　決意も新たに言い切ると、棟梁の眉間にしわがよる。

「まったく強情な野郎だな。この俺が飲んでもいいと言ってんだ。素直に喜べばいいじゃねぇか」

「俺は飲まなくてもいいと言ってんです。ほっといてくだせぇ」

せっかく酒の味を忘れかけているのに、寝た子を起こさないでくれ。むきになって言い返せば、棟梁が眉（まゆ）を撥（は）ね上げた。

「この意地っ張りのひねくれ者め。おめぇが酒を断ったままだと、落ち着かねぇやつもいるんだよ」

聞けば、今度は辰次のほうが又七に気兼（きが）ねを始めたらしい。「俺も酒を断つ」と言い出して、酒好きの女房を困らせているという。

「赤ん坊が乳離れして、ようやく酒が飲めると思ったところへ降って湧いた亭主の酒断ちだ。女房も事情を知っているから、ひとりで飲むのは気が引けらぁな」

「だから、俺にも飲めってんですかい」

「そう嫌そうな顔をすんな。おめぇにとっても悪い話じゃねぇだろう」

「……酒ってなぁ、あとちょっと、もうちょっとで、気が付けば飲みすぎちまうもんでさぁ。いくら用心していても、またやらかすかもしれやせん」

酒の怖（こわ）さは酒好きならば当然知っている。責めるような目を向ければ、棟梁がおもむろに咳払（せきばら）いをした。

「実を言うと、おめぇの知り合いからも頼まれてんだ」

「そいつぁ誰です」

　余計なことをしやがってと、又七の顔が険しくなる。棟梁は右手で顎をなでた。

「干鰯問屋、『立花屋』の手代だよ」

　又七は驚いて目を瞠った。

「どうして留吉がそんなことを」

「おめぇが足場から落ちたときも、『又さんが二日酔いになったのは俺のせいだ。どうか破門はしないでくれ』と、真っ青な面で頼みに来たぜ」

「何ですって」

「今年の正月からは『怪我をした大工も元通りの身体になったそうだから、そろそろ飲ませてやってほしい』と何べんも頭を下げに来た。どこまで続くかと様子を見ていたんだが、四月を過ぎてもやめやしねぇ。ああいう幼馴染みは大事にしろよ」

　思いがけない打ち明け話に又七は言葉を失った。

二

又七と留吉の付き合いはもう十七年になる。自分が七歳のとき、同じ長屋のおくまばあさんのところに、八歳の留吉が引き取られた。

今弁当屋の飯炊きをしているばあさんは、昔から長屋中に嫌われていた。他人の悪口と噂話が大好きで、隣近所から借りたものをすんなり返したためしがない。しびれを切らせて催促すれば、貸した相手の悪口を触れ回るような年寄りである。

そんな鼻つまみ者が「独り暮らしがさびしくて子供を引き取った」と聞いたときは、みな腰を抜かさんばかりに驚いた。だが、留吉を容赦なく叱る姿を見て、大人はすぐに裏の事情を察したらしい。

――留吉ちゃんとはなるたけ関わらないようにしな。あの子はあんたと違って、かわいそうな子なんだから。

留吉が長屋に来て間もなく、又七は母親にそう言われた。

いつもは「かわいそうな子の面倒を見てやれ」と言うのに、「関わるな」とはどういうことだ。それでなくてもこの長屋は男の子供が少ないのに。

母の言葉に納得できず、又七は留吉を遊びに誘った。すると、年上のくせに背の低い子はなぜか泣きそうな顔をする。

——おら、仕事あっから。

——だったら、手伝ってやるよ。終わったら一緒に遊べるだろう。

子供にやらせる仕事なんて、どうせたかが知れている。又七はそう思い、自ら助っ人を買って出た。目を丸くした留吉は「本当に？」と繰り返す。

何となく嫌な予感がしたが、ここまできたら後には引けない。又七は父親の真似をして、「男に二言はねぇ」と胸を張った。

おくまばあさんが言い付けた仕事は、掃除、洗濯、皿洗いの他に焚き付け拾いまで含まれていた。これでは二人でやったって遊ぶ暇など残らない。足を棒にして燃えそうなものを拾い集めた又七は、手伝うと言ったことを後悔した。

こんなことをしていたら、おいらも遊べなくなっちまう。おっかぁから言われたように、声をかけなきゃよかったぜ。

二度と誘うもんかと思いつつ、集めた反故紙や木の枝を差し出せば、夕陽を背にした留吉が突然大声で泣き出した。

――お、おら、え、え、江戸さ来てぇがった。おくまばあさんは意地悪だけど、こ、米の飯食えるし、又七ちゃんさ会えたもの。

ぼろぼろ涙をこぼして、真っ赤な顔で訴える。しゃくりあげながら礼を言う姿に、七つの又七は面喰らった。

留吉は信濃の小作の子で、もともとは十一か十二で奉公に出ることになっていた。ところがあいにくの不作続きで、親は八つの子を口減らしのために手放したのだ。

――奉公に出られる歳まで面倒を見てもらう代わりに、おくまばあさんに尽くせって、おっとうから言われてるんだ。

留吉の親もおくまばあさんも身勝手すぎる。他人事ながら又七は憤った。

――ばあさんは留吉をこき使っているだけじゃねぇか。恩に感じることなんか、これっぽっちもあるもんか。

――おらのいた村じゃ、五つか六つで軽業師に売られる子だっていた。そういう子は芸を覚えるまで、飯を食わせてもらえねぇ。おくまばあさんはおらをこき使うけど、ちゃんと食わせてくれるもの。

知らぬ間に泣き止んだ留吉は、初めて見る大人びた表情を浮かべていた。又七は母の言った「かわいそうな子」という意味を嚙み締めた。

去年から通っている手習い所で、自分は貧乏人と呼ばれている。だが、世の中にはもっと貧乏でつらい思いをしている子が山のようにいるのだ。

以来、又七は留吉の仕事を手伝う傍ら、手習いで習ったことを教えてやるようになった。

そして時が経ち――十一になった留吉は浅草御門そばの干鰯問屋、立花屋で奉公をすることになった。又七は十三から大工見習いとして修業を始め、毎日顔を合わせることはなくなった。それでも暇を見つけては、留吉の様子を見に行った。

留の野郎はのろまだからな。周りのやつらにいじめられていたら、文句を言ってやらねえと。

又七の思いとは裏腹に、留吉は奉公先での愚痴をこぼさなかった。「みんなやさしくていい人だから大丈夫だよ。又七ちゃんは短気だから、勘違いで喧嘩をされたら困っちまう」と繰り返す。

本人にそう言われれば、傍でできることはない。又七の修業も年を追うごとに忙しくなり、二十を過ぎて間もなく、棟梁から一人前の大工として認められた。

一方、留吉は奉公を始めて十年が過ぎても手代になることができずにいた。

――骨惜しみをせずに働いているのに、いつまでも半人前扱いしやがって。立花屋の主人は何を考えていやがるんだ。

酒の合間に文句を言っても、当人はどこ吹く風だった。

――俺は仕事が人より遅いし、頭だってよくないから。立花屋のような大店で働かせてもらえるだけで幸せだよ。

幼馴染みが呑気に構えている間に、後から入った奉公人が次々に手代になっていく。そして去年、留吉はようやく手代になった。

――今晩は俺のおごりだからな。思う存分飲んでくれ。

外泊まりが許された晩、又七は幼馴染みを自分の長屋に連れてきた。本当はちゃんとした料理屋で出世祝いをしたかったのに、当の留吉が嫌がったのだ。

――他人より遅れて手代になって、調子に乗っていると思われたら困る。又七ちゃんが祝ってくれるその気持ちだけで十分だよ。

ならば、酒だけは思う存分飲ませてやろう。又七はそう思い、町内にある七福という酒屋で下り酒を二升も買った。

留吉は身体が小さいわりに酒が強く、いくら飲んでも顔に出ない。一方、酒好きの又七はすぐに顔が赤くなる。それが面白くなくて、又七はしつこく酒を勧めた。

――ほら、飲めよ。おめぇの祝いなんだから。

――俺はもういいよ。又七ちゃんのほうが酒好きだから、又七ちゃんが飲めばいい。余ったら、取っておけばいいんだし。

――てやんでぇ。ここにある酒は二人で飲むって決めてんだ。おめぇは俺より強いんだし、遠慮しねぇでどんどん飲め。

酒はいつ飲んでもうまいけれど、祝い酒は格別だ。まして留吉は人一倍苦労して、ようやく手代になったのである。

――これで見下したやつらを見返せるな。

養子にたかるつもりのばあさんは、かつての奉公先である立花屋に留吉を強引に押し込んだらしい。そのせいで留吉は奉公人仲間から白い目で見られていた。

実の親に売られ、養い親にはこき使われて、奉公先でもいじめられ……よくぞここまでと思ったら、泣き上戸でもないのに泣きたくなる。洟をすすって酒を注いでやろうとすると、留吉は猪口を引っ込めた。

――俺は自分が酒を飲むより、又七ちゃんがうまそうに酒を飲んでいるのを眺めているのが好きだなぁ。

——何だ、そりゃ。

他人がうまそうに飲んでいたら、自分だって飲みたくなるものだ。ただ眺めているだけでは喉が渇くだけだろう。

又七は首を傾げたが、留吉は笑って一升徳利を持ち上げた。

——俺を喜ばせたいと思うなら、又七ちゃんがたくさん飲んでくれよ。それが何よりの祝いになるから。

よくわからない言い分だが、本人の望みならば仕方がない。又七は勧められるまま、いい気になって飲み続けた。結果、二日酔いになって足場から落ちたのである。

それを知った留吉は「俺も怪我をした人に謝る」と言い張った。しかし、又七は耳を貸さなかった。

酒を飲ませたのは留吉でも、二日酔いを承知で足場に上り、落っこちたのは自分の落ち度だ。「おまえは関係ない」と言いきかせ、納得させたはずだった。隠れて棟梁のところに行き、詫びを入れるとは思わなかった。

「立花屋の手代が言ってたぜ。おめぇが酒を飲むときの幸せそうな顔が見てぇんだと。これが女の台詞なら、仲人を買って出るんだがなぁ」

笑ってからかう棟梁に、又七は居たたまれない思いで額を押さえた。

「田舎者の言うことなんで、聞き流してやっておくんなせぇ。二度と棟梁の前に顔を出させねぇようにしやすから」

留吉のほうが歳は上でも、面倒を見てきたのはこっちのほうだ。不機嫌になった又七に棟梁の笑みが深くなる。

「俺だっておめぇと飲む酒は嫌いじゃねぇぜ。鰹節もらった猫みてぇにしまりのねぇ顔をしやがって」

「……飲みすぎて、虎になるよりましでしょう」

これでも一応世間では男前で通っている。「猫」と言われてふてくされると、棟梁に背中を叩かれた。

「蒸し暑い今の時期は冷やした下り酒が一番だよな。肴は豆腐……いや、味噌をつけたきゅうりでいいや」

いきなり酒の話になり、又七の喉がごくりと鳴る。それでなくてもさっきから喉が渇いていたところだ。

「ああ、冷やした本直しってのも乙かもしれねぇ。夕涼みをしながら、縁側できゅっと一杯。喉の渇きも収まるってもんだぜ」

本直しはみりんと焼酎を混ぜたものだ。棟梁はこれ見よがしに左手で飲む真似をする。その光景を思い浮かべ、又七は恨みがましい目を向けた。

「棟梁は意地が悪ぃ」

「おめぇが妙なやせ我慢をするからだろう。俺だって久しぶりにおめぇと飲みたい気分なんだ」

恩ある相手の決め台詞に又七はとうとう我を折った。

「わかりやした。それじゃ、今晩飲みますか」

「寝ぼけたことを言ってんじゃねぇ。飲むのはここの作事が終わってからだ。決まってんだろう」

ぴしゃりと額を叩かれて、「そんなぁ」と情けない声が出る。一度飲む気になってしまうと、我慢するのがつらくなる。

「一年ぶりに酒を飲んで、ちょいと一杯ですむもんか。深酒をした挙句、二日酔いになるのが目に見えてらぁ」

呆れた顔を向けられて、又七の背が丸くなる。さすがに年の功、弟子の性分をよくご存じだ。

「無事に離れが建ったら、幼馴染みと思う存分飲みやがれ。一年ぶりの酒はさぞかしうめぇだろう」

からからと笑う棟梁に又七は深く頭を下げた。

翌五月十二日は昼過ぎから雨になった。

仕事を切り上げることになった又七は、茅町にある干鰯問屋の立花屋を訪れた。そして留吉を呼び出すと、事の次第を打ち明けた。

「よかった。これでまた一緒に酒が飲めるね」

満面の笑みを浮かべる相手を又七はじろりと睨む。こいつのせいで棟梁にからかわれたのだ。

「俺に隠れて余計なことをしやがって」

「だって、又七ちゃんとまた飲みたかったんだよ」

「おい、人をちゃん付けで呼ぶなって何度も言ってんだろう」

片眉を上げて文句を言っても、留吉はかけらも悪びれない。又七は困ったもんだとため息をつく。

「おめぇは酒を止められたわけじゃねぇ。俺のことは放っておいて、勝手に飲めばよかったのに」

この一年、留吉も酒を断っていたらしい。ぶすりと言い返したら、留吉が首を左右に振る。

「俺は酒が飲みたいんじゃなくて、又七ちゃんと飲みたいんだ。他の人と飲んだっておいしくないよ」

「何言ってやがる。誰と飲んでも酒は酒だ」

「誰と一緒に飲むかで、酒の味は変わるんだよ。又七ちゃんだって嫌いなやつとは飲みたくないだろう」

「そりゃ、そうだけど」

「又七ちゃんは幸せそうに酒を飲むからさ。こっちまでうれしくなって、いい気分になれるんだ」

真顔で言い返されてしまい、何だか尻がむずがゆくなる。

「酒は飲むもので、酔っ払いを見て楽しむもんじゃねぇぞ」

「酒の楽しみ方なんて、それこそ人それぞれだろう。これでまた又七ちゃんの幸せそうな顔が見られるんだね」

うれしそうに続けられ、又七は顔には出さずに苦笑した。

酒を飲まずにいい気分になれるなんて、これほど安上がりなことはない。とはいえ、かけらもうらやましいとは思わない。

こいつは貧乏だったから、大人になっても貧乏性が抜けねぇらしい。俺が大人の楽しみを教えてやらないといけねぇな。

花のお江戸に住んでいるのに、うまいものや楽しいことを知らずにいるのはもったいない。また酒が飲めることだし、今度は遊びを教えてやるか。

「今の仕事が終わったら、腰を据えて飲もうじゃねぇか。辰次のことじゃ、おめえにも心配をかけたしよ」

倉田屋の作事は遅くとも六月の半ばまでに終わるはずだ。こっちの言葉に留吉が身を乗り出す。

「そのときは休みをもらうからさ。又七ちゃんも翌日は仕事を入れないでおくれよ」

「俺はいいけど、おめぇはいきなり休みなんて取れるのか」

「大丈夫だって。養い親の具合が悪いって番頭さんに言ってあるから」

真面目が取り柄の幼馴染みが嘘をつくとは思わなかった。驚く又七とは裏腹に、留吉はひとりで盛り上がる。

「一年前は又七ちゃんが俺の祝いをしてくれただろう。だから、今度は俺が祝いをしてやるよ」

「祝いって、何の？」

「また酒が飲めるようになったお祝いに決まっているじゃないか。去年のお酒もおいしかったけど、今度は『これ以上はない』ってとびきりの酒を飲ませてあげるから」

「ふん、おめぇのとびきりの酒なんてたかが知れてらぁ」

自信たっぷりに断言されて、憎まれ口を叩いてしまう。長い付き合いの幼馴染みはかけらもへこたれなかった。

「そんなことを言って、当日になったらびっくりするよ。これぞ極楽の味だって、泣いて喜ぶに決まってる」

「信濃の田舎者が大きく出やがったな。その酒を飲んで俺が泣いたら、何でもおめぇの言うことを聞いてやる」

「だったら、何を頼むか考えておかないと」

「てやんでぇ。俺が泣かなかったら、おめぇはその場でかっぽれを踊るんだぞ」

「かっぽれなんて踊れないけど、俺が勝つから大丈夫だよ」

いつも控えめな留吉が堂々と受けて立つ。又七は「かっぽれの稽古をしておけよ」と言い返し、立花屋を後にした。

それが見慣れた顔の見納めになるなんて、夢にも思っていなかった。

三

六月に入って間もなく梅雨が明けたらしい。

一斉に蟬が鳴き始め、夏らしい青空が頭上に広がる。

お天道様が毎日出れば、大工仕事は嫌でもはかどる。倉田屋の離れの作事は進み――六月八日に完成した。

「又七あにい、仕事も無事に終わったこったし、一杯やりやせんか」

「棟梁からお許しが出たって聞きやしたぜ」

若い連中に誘われたが、又七は断った。そして、明日にでも留吉に「作事が終わった」と伝えに行こうと思っていたら――立花屋が火事になった。

八日の晩、主人は寄合の流れで吉原泊まり、御新造は祝い事で実家に帰っていたそうだ。十歳のひとり息子は親の留守をいいことに、夜更かしをしようとしたらしい。布団のそばで有明行灯をひっくり返し、その火が蚊帳に燃え移った。

子供の悲鳴に気が付いて店の者が駆けつけたとき、座敷はすでに火の海だった。子供を助けに飛び込んだのは留吉ひとりだったそうだ。

立花屋は母屋と店が灰になり、かろうじて蔵だけ燃え残った。それが火を遮ったおかげで隣家が燃えることはなかった。

見事跡継ぎを救い出した留吉は、九日の夜に亡くなった。そして今、北枕でおくまばあさんの長屋に横たわっている。又七は亡骸の前から動けずにいた。

十日の夜も更けた頃、立花屋の使いがやってきた。

「どうして旦那が来ないのさ。留吉は立花屋の跡継ぎを救って死んだんだよっ」

我が子の恩人の通夜に主人が来ないとは何事だ――白髪頭を振り乱すおくまばあさんに四十半ばの男は青ざめた。

「お腹立ちはごもっともですが、主人は火事のことでお調べを受けておりまして、あいにくこの場に参れません。一番番頭の手前が名代として、これをお届けに参りました」

仁王立ちのばあさんは包みの中身を確かめてから、番頭に向かって投げつけた。

「冗談じゃないっ。これっぽっちのはした金でごまかそうってのかい。あたしゃ、大事に育てた養い子に死なれたんだよ」

茶色くなった畳（たたみ）の上に三枚の小判が落ちる。それを拾った番頭は盛大に顔を引きつらせた。

「留吉はあっぱれ忠義者と世間でも評判です。もっと金を出せというのは、亡き人の名を汚（けが）すことになりますよ」

「馬鹿馬鹿しい。評判で腹がふくれるもんか」

「立花屋は店も母屋も焼けております。はした金と言われても、これが精一杯（せいいっぱい）でございまして」

「そんなのあたしの知ったことかいっ。養い子の命の代金だ。少なくとも五十両はもらわないとね」

がめついばあさんはここぞと吹っかける。番頭はいっそう顔色を悪くして、額に浮かんだ汗をぬぐう。

「とてもそんな大金は……」

「文句を言うなら、おまえさんが火の中に飛び込めばよかったんだ。一番番頭なら、まっさきに身を捨てて当然だろう」

「あんたにできなかったことを留吉は代わりにしてやったんだ。養い親のこのあたしにえらそうな口を利くんじゃないよ」

「そんなことを言って、おまえさんは留吉の死を喜んでいるんじゃないのかい」

下手に出ていた番頭の声にあからさまな棘が混じる。そして、汚いものを見るような目でおくまばあさんを睨みつけた。

「出来の悪い養子を強引に押し付けた末、その死を利用して昔の奉公先を強請るなんて。とんだ性悪もいたもんだ」

「押し付けたなんて人聞きの悪い。留吉のおかげで跡取りが無事だったんじゃないか」

「留吉はてんで気が利かなくて、他の店なら小僧の頃に暇を出されていたはずだ。それを長く置いてやり、手代にだってしてやった。あいつもそれをわかっていたから、最後に恩を返したのさ」

「恩を返してもらうのはこっちのほうだよ。あたしがいなけりゃ、留吉はとうに死んでいたんだからね」

死者を蔑むやり取りが唾を飛ばして交わされる中、又七はひとり物言わぬ留

「…………」

吉を見つめていた。

この手で着替えさせた亡骸には無数の火傷の痕があった。それに引き替え、助け出された子に目立った傷はなかったと聞いている。

大店の跡継ぎとして生まれ、甘やかされて育った子供。そんな苦労知らずを助けるために、留吉は命を捨てたのか。他の連中と同じように見殺しにすればよかったものを。

さんざん苦労に苦労を重ねて、やっと人並みになったんじゃねぇか。うまいものを食ったり、いい思いをするのはこれからだったんだぞ。

知らず身体に力が入り、又七は膝頭を両手で摑む。そのとき、おくまばあさんに名を呼ばれた。

「又七、あんたも何か言っておやり。留吉の命がたった三両ぽっちだなんて、あんまりじゃないか」

形勢が悪くなったので、味方に引き入れようというのだろう。ばあさんが袖で顔を覆う。

「いつも二人で遊んでいたんだもの。大事な幼馴染みを殺されて、腸が煮えくり返っているだろうねぇ」

「……いい加減にしてくだせぇ」

ほとほと嫌気が差してしまい、おくまばあさんを睨みつけた。

「何が恩を返してもらうだ。この長屋にいた三年間、子供だった留吉をさんざんこき使っておいて」

「い、いきなり何を言い出すんだい。あたしはちゃんとあの子に飯を食わせてやったじゃないか」

「ああ、そうだな。その代わりに掃除洗濯から焚き付け拾いまで、遊ぶ暇なんてかけらもないほど仕事を言い付けたんだよな。誰のおかげで飯が食えるんだと、二言目には恩に着せて」

まさか怒りの矛先が自分に向くとは思っていなかったに違いない。うろたえるばあさんから目をそむけると、今度は番頭と目が合った。

「おまえさんは話のわかるお人のようだ。年寄りは強欲でいけません」

「何言ってんだ。俺はあんたにも腹を立ててんだぜ」

「えっ」

「あいつがいなけりゃ、立花屋の奉公人は主人の子を見殺しにしたと後ろ指をさされたはず。そいつを棚に上げて、よくも留吉を悪しざまに言えたもんだ」

怒りを隠さず噛みつけば、番頭が気まずそうに目をそらす。小声で言い訳めいたことを言われたけれど、素知らぬ顔で聞き流した。

「だいたい、旦那が来られないなら、御新造さんと坊ちゃんが手を合わせに来るのが筋だろう。立花屋の主人夫婦とその倅は、命の恩人に下げる頭なんぞ持っちゃいないと言うんですかい」

番頭は口を開きかけたが、結局何も言えなかった。そしてばあさんに三両を押し付けると、後ろも見ずに帰っていった。

翌六月十一日は久しぶりの雨だった。

留吉を埋葬した後、又七は棟梁に声をかけられた。

「又七、大丈夫か」

「へえ」

「どうだ、これから飲みに行くか」

棟梁は留吉との仲だけでなく、飲む約束があったことも知っている。心遣いはありがたいが、一刻も早くひとりになりたい。又七は目を伏せてかぶりを振った。

「いえ、やめときやす。棟梁は明日も仕事でしょう」

倉田屋の離れは終わったが、棟梁はもっと大掛かりな作事をしている。酒に付き合わせて、作事場で何かあったら取り返しがつかない。

こちらの思いが伝わったのか、棟梁は渋い顔で顎を引く。

「わかった。飲むなどは言わねぇが、絶対にひとりで飲むんじゃねぇぞ」

また酒でしくじることを心配されているのだろう。又七は言葉をにごして棟梁と別れた。

夏の雨はざっと降り、からりと上がることが多い。だが、今日は秋の長雨のようにしとしとと降り続く。

「この調子じゃ、夜通し降るかもしれねぇな」

傘越しに暗い空を見上げ、又七は呟いた。

さっきまでひとりになりたかったのに、いざひとりになってみると、どんどん気持ちが落ち込んでいく。歩くどころか立っていることさえつらくなり、目についた縄のれんに飛び込んだ。

「冷やでいいから、二合くれ」

「へえ」

七ツ（午後四時）という時刻のせいか、それとも天気が悪いせいか。狭い居酒屋の座敷には自分しか客がいない。又七は出された酒を猪口に注いだ。

「留の嘘つきめ。なぁにが最高の酒だってんだ」

今飲めば悪酔いするとわかっていても、飲まずにはいられない。又七は一年ぶりの酒をひと息にあおろうとして——口をつける前に奪われた。

「何をしやがるっ」

「大の男が今にも泣きそうな面で酒を飲むものじゃありません。留吉さんが心配しますよ」

噛みつく又七に臆することなく、突然現れた若い男は奪った猪口の酒を飲む。そして、「これはひどい」と眉を寄せた。

「ずいぶん水で薄めてあります。道理で客がいないわけだ」

「……あんた、いったい何者だ。留吉の知り合いみてぇだが、あいつは火事で死んじまったぜ」

男は色白で目が細く、単衣の上に絽の黒羽織を着ていた。

着物も育ちもよさそうだから、芸人ではなく若旦那だろう。どこかで見た気もするけれど、あいにく思い出せなかった。

火事はよくあることとはいえ、留吉の死はあまりにも急だった。ここで顔を合わせたのも、あいつの引き合わせというものか。

「俺は留吉の幼馴染みで、大工の又七ってんだ。今日はあいつの葬式だった。酒くらい好きに飲ませてくれ」

「留吉さんのことは、今日の昼に知りました。あたしが八王子に行っている間にこんなことになるなんて……今でも信じられません」

若い男は名乗らないまま、悲しそうにうなだれる。又七は猪口を返せとばかりに左手を突き出す。

「だったら、墓を見てくりゃいい。俺はここで飲んでるからよ」

「墓参りには改めて行かせてもらいます。今は留吉さんよりも又七さんのほうが心配ですから」

男は猪口を持ったまま、又七の前に腰を下ろす。気遣うようなまなざしが暗い気持ちを逆なでした。

初対面の男に心配されるほど、こちとら落ちぶれちゃいねぇ。

俺の前からとっとと消えろ。

腹の中で吐き捨てて、徳利に口をつけようとする。ところが、それも奪われて堪忍袋の緒が切れた。

「いい加減にしろっ。どうして俺の邪魔をする」

「薄い酒をいくら飲んでも、悪酔いすらできません。一年ぶりに飲む酒は極上のものにするって、留吉さんと決めていたんでしょう」

「うるせぇっ、あいつはもう土の下だ。極上どころか、並酒だって二度と飲めやしねぇんだよ」

怒りにまかせて吐き捨てれば、居酒屋の親父が迷惑そうにこっちを見ている。又七は睨み返したものの、育ちのいい男は居づらくなったらしい。「すいませんね」と頭を下げた。

「他に客がいないからって、騒いじゃ店の迷惑になる。話の続きは違うところでしましょうか」

「俺は話なんてねぇ。四の五の言わずにひとりで帰れ」

「そうはいきません。あたしは酒屋七福の跡取りとして、留吉さんの相談に乗ってきたんです」

「えっ、おまえさんが七福の若旦那か」

腹の中で思ったことを居酒屋の親父が口にする。男は笑顔でうなずいた。

「はい、並木町の酒屋、七福の倅で幹之助と申します。ご亭主、これからはあまり薄めないほうがいいですよ」

決まりが悪くなったのか、親父はそそくさと板場に引っ込む。一方、又七は目をしばたたいた。

「留吉は酒屋の若旦那に何の相談をしてたんだ」

「もちろん、おまえさんに飲ませる最高の酒についてです。留吉さんが手代になったときは、うちの酒を二升も買ってくださったそうで、ありがとうございました」

その酒が元で起こったことを留吉はひどく気に病んでいた。それを知った幹之助はずっと相談に乗っていたという。留吉が棟梁のところへ押しかけたのも、幹之助の入れ知恵だとか。

「一年も辛抱させたんだから、とびきりうまい酒を飲ませてやるんだってね。そりゃあ、張り切っていたんです」

そう、去年の今頃は二人で七福の酒を飲んだ。留吉の苦労が報われて、これからはいいことばかりだと信じて疑っていなかった。

その後つらいこともあって、また光が差してきたと思ったところだったのに……又七は腹立ちまぎれにこぶしで畳を殴りつける。

「どうして留吉が死ぬんだよっ。あいつは苦労ばっかりで、いい目なんてちっとも見たことがねぇのに」

目の奥が熱くなり、ぎりりと奥歯を嚙み締める。幹之助は一瞬眉を寄せ、吹っ切るように口を開いた。

「又七さん、留吉さんがおまえさんのためにどんな酒を考えていたか、知りたくはないですか」

「それは……」

いつも控えめな留吉がやけに自信満々だった。どんな趣向を考えていたのか、知りたくないはずがない。

「あたしが相手じゃ不足でしょうが、近いうちに留吉さんがごちそうするはずだった酒を用意します。それまでは一滴たりとも飲まないようにしてください」

約束を破ったら、留吉さんが悲しみますよ――幹之助は食えない笑顔で付け加えた。

四

留吉の葬式が終わってから、又七はひたすら寝て過ごした。

倉田屋の離れが終わっても、他の作事は続いている。助っ人に行くべきだとわかっていても、身体に力が入らない。棟梁は「また足場から落っこちるから、家でじっとしていろ」と言ってくれた。

噂によれば、立花屋は闕所(とりつぶし)になるらしい。奉公人は我先(われさき)に暇を取り、おくまばあさんは連日、「見舞金を寄越(よこ)せ」と押しかけているとか。

留吉が死んでも、世の中は動いていく。生きている限り、いつまでも腑抜(ふぬ)けていられない。

こんなときこそやけ酒を飲みたいと心の底から思ったが、あいにく釘を刺されている。又七は暑さにやられた犬のように寝そべっていることしかできなかった。

そして六月十八日の晩、幹之助から待ちに待った使いが来た。

「さんざん気を持たせてくれたんだ。酒屋の跡継ぎの名にかけて、さぞうまい酒を飲ませてくれるんだろうな」

不忍池を見下ろす料理屋の二階座敷に通されるなり、又七は嫌みたらしい口を利く。幹之助が「もちろんです」とうなずくと、仲居ではなく小僧が膳を持ってきた。

「お待たせしました。炊き立てのご飯と香の物、それに干物もついています。よく嚙んで食べてください」

甲高い声で差し出された膳には言われたものが載っている。又七は口を半開きにして膳を見下ろす。

「俺は酒を飲みに来たんだ。飯を食いに来たんじゃねぇ」

百歩譲って酒の肴というならともかく、膳に載っているのは腹がふくれるものばかりだ。声を荒らげた又七を幹之助が笑顔であしらう。

「そうおっしゃらずに。留吉さんが死んでから、又七さんはちゃんと食べていないだろうと思いまして」

「余計な世話だ。酒を出す気がねぇのなら、俺は帰るぜ」

「そう慌てなくてもいいでしょう。待てば待つほど、酒の味はよくなりますよ」

とことん焦らす気だとわかり、又七はうんざりしてしまう。腰を浮かせかけた刹那、小僧が横からしゃしゃり出た。

「酒もご飯も同じ米から作るんです。炊き立てのご飯を食べないなんて、留吉さんが知ったら怒るでしょうねぇ」

小僧はしたり顔で幼馴染みの名を口にする。又七はますます不機嫌になった。

「何だって、おめぇのような小僧がここにいる」

「手前は七福の奉公人で、定吉と言います。今日は若旦那のお供です」

「今夜は留吉さんの思い出語りをしようと思いまして。この定吉は留吉さんと親しくしていたんですよ」

幹之助によれば、定吉と他の小僧が揉めているとき、通りかかった留吉が仲裁に入ってくれたという。以来、七福に来るたびに言葉を交わしていたのだとか。

「定吉は負けん気が強くて、他人の一番痛いところを衝くものですから。他の小僧や手代と揉めることが多いんです」

小さな声で付け加えられ、なるほどと腑に落ちる。留吉は周りとうまくやれない小僧が己と重なって見えたのだろう。

もっとも、この小僧はいじめられても返り討ちにするだろうがな。腹の中で呟いたとき、定吉と目が合った。

「留吉さんは又七さんと酒を飲むのを、そりゃあ楽しみにしていました」

悪気のない一言が胸の奥に突き刺さる。

はしっこい定吉は若旦那の気に入りらしい。奉公先でひとりも味方のいなかった留吉とは違う。又七は生意気な小僧を睨みつけた。

「定吉と言ったな。生まれは江戸か？」

自分のことを聞かれて驚いたのか、小僧が不思議そうな顔でうなずく。又七は構わず話を続けた。

「あいつは八つで生まれ在所の信濃を出て、養子先ではこき使われ、奉公先では蔑ろにされて……何ひとついい目を見ずに死んじまった。おめぇのように恵まれた餓鬼があいつの気持ちを語るんじゃねぇ」

小僧の気の強さは恵まれた育ちによるものだろう。八つ当たりだとわかっていても、恨みがましい口調になる。

すると、定吉は呆れたように肩をすくめた。

「又七さんは幼馴染みのくせに、留吉さんのことを何もわかっちゃいないんですねぇ」

「何だとっ」

「留吉さんは自分が不幸せだなんて思っちゃいなかった。それなのに、一番の友達がかわいそうだと決めつけるのかい」

上目(うわめ)遣いで睨まれて、顔をはたかれた気になった。留吉と出会って間もない頃に言われた言葉を思い出す。

――おら、え、江戸さ来てえがった。おくまばあさんは意地悪だけど、こ、米の飯食えるし、又七ちゃんさ会えたもの。

赤い夕陽を背にしているのに、留吉の顔は赤かった。たまらず肩を震(ふる)わせれば、若旦那が定吉の頭を叩く。

「定吉、調子に乗りすぎだよ」

「でも、死んじまった人のことを悲しみすぎちゃいけないんです。昔、おっかぁから言われました」

叱られた小僧はふくれっ面で言い返す。

恵まれた育ちどころか、定吉の父親は五つのときに亡くなったという。ますます気まずくなったとき、幹之助から再度膳を勧められた。

「米の飯を残すと、留吉さんが怒りますよ。あの人は酒を飲むよりも、飯を食うほうが好きでしたから」

　貧農の子の留吉にとって米の飯は何よりのごちそうだった。だが、酒よりも好きだったなんて初耳である。

「せっかくの米をどうして酒にするのかわからない。酒一升より飯一升のほうがはるかに腹にたまるのにってね」

「おいらもそう思うって言ったら、留吉さんは喜んでました」

　さかしらな口を小僧が挟み、又七はやっぱりむっとする。大人げなく言い返すうちにだんだん腹が減ってきて、いつしか箸を取っていた。

　そして酒は出ないまま、にぎやかに夜が更けていった。


「又七さん、起きてください。お待ちかねの酒の支度ができましたよ」

　幹之助に起こされて又七は眠い目をこする。

　定吉に腹を立てたり、幹之助と言い合ったりしているうちに、いつの間にか寝ていたらしい。障子越しに差し込む日差しは朝の訪れを告げていた。

　酒の一滴も飲んでねぇのに、大の大人がみっともねぇ。

　我ながら呆れたけれど、頭は妙にすっきりしている。留吉が死んでからぐっすり眠れていなかったのだ。

生意気な小僧に文句を言ったのがよかったのか。それとも、ちゃんと飯を食ったおかげだろうか。又七はひとつ伸びをして座敷の中を見回した。

「定吉はどうした」

姿がないので尋ねると、「一足先に帰しました」と教えられる。

「朝酒に付き合わせるわけにはいきませんので」

「おい、本気で朝から酒を飲むのか」

正月と二日酔いの迎え酒以外で、晴れた日の朝から飲んだことはない。驚く又七に幹之助はうなずき、勢いよく障子を開け放つ。

「これは朝しか見られませんから。この時期だけの贅沢ですよ」

促されるままに外を見て、又七は目を丸くする。すぐそばの蓮の葉で覆われた不忍池に薄紅色の蓮の花が今を盛りと咲いていた。

――去年のお酒もおいしかったけど、今度は「これ以上はない」ってとびきりの酒を飲ませてあげるから。

――当日になったらびっくりするよ。これぞ極楽の味だって、泣いて喜ぶに決まってる。

得意げな留吉の声が聞こえてきて、知らず両手を握り締める。

春なら梅や桜、秋なら月にすすき、冬なら雪……夏のこの時期は蓮に勝るものはない。極楽浄土を思わせる眺めから又七は目を離せなかった。

「酒も七福自慢の上諸白です。どうぞ味わって飲んでください」

又七の猪口に酒を注ぎ、幹之助が笑顔で言う。

高い酒だけが持つすっきりした甘い香りが鼻をくすぐる。又七は酒をこぼさないようにゆっくり口のそばまで運び――飲まずに猪口を遠ざけた。

「おや、どうしました。変な香りでもしましたか」

顔色を変えた幹之助に又七は黙ってかぶりを振る。

目覚めてすぐに、蓮の咲き乱れる池を見下ろして酒を飲む。

若旦那の言う通りこれに勝る贅沢はない。留吉がここにいたら、「勝負はおめぇの勝ちだ」と素直に負けを認めただろう。

だが、あいつがいないから……この酒は最高の味にならない。それがわかっていて、口をつける気にはならなかった。

留吉の馬鹿野郎……おめぇが本物の極楽に行っちまったら、一緒に飲めなくなるじゃねぇか。

俺は夢のような景色を眺めながら高い酒を飲みたかったわけじゃねぇ。おめぇとくだらないことを言い合って、飲みたかっただけなんだ。

――俺は酒が飲みたいんじゃなくて、又七ちゃんと飲みたいんだ。他の人と飲んだっておいしくないよ。

最後に会ったとき、留吉はそう言っていた。「誰と飲んでも酒は酒だ」と言い返した自分は何もわかっていなかった。

留吉、おめぇと飲む酒が俺にとっても極楽の味だった。おめぇはいい思いを知らないで、あの世に逝ったんじゃねぇんだな。

又七は洟をすすって、幹之助に潤んだ目を向けた。

「留吉の趣向はありがたく頂戴しやした。けど、酒はけっこうでさ」

「どうしてです。いつまでも悲しんでいることが供養ではありません。むしろ、楽しかったことに目を向けたほうがいい」

「へえ。だから、一生飲まねぇことに決めやした」

笑みを浮かべた又七は猪口を相手の前に置く。

「最高の景色を眺めながら高価な酒を飲んだところで、留吉と飲んだ酒の味にはかなわねぇ。最後にあいつと飲んだ酒の味を死ぬまで覚えていたいんです」

その酒のせいで辰次とその家族に迷惑をかけた。だが、「あのとき飲みすぎなければ」と後悔はしても、「飲まなければよかった」と思ったことはない。それくらいあの晩の酒はうまかった。

「蓮を見下ろして飲む酒は、あの世に逝ってから留と飲みやす。若旦那、いろいろ手間をかけやした」

涙を拭いた又七に幹之助が苦笑する。

「困りましたね。うちは大事なお得意様を二人もなくしたわけですか」

それから見せつけるようにして自慢の酒をうまそうに干す。又七も苦笑して、あの世の留吉に語りかけた。

俺がそっちに行くまで、勝手に飲んでいるんじゃねぇぞ。

待てば待つほど、酒の味はよくなるらしいから。

四杯目　身から出たサゲ

一

何を言われてもへらへら笑い、「こいつぁ、まいった」と額を叩く。くだらない自慢話でも「さすがでござんすねぇ」と持ち上げる。相手の機嫌が悪くなれば、「申し訳ござんせん」と頭を下げる。

幇間は、この三つがうまくできるか否かが何にも増して肝心だ。寄席の客は噺を聴きに来るけれど、座敷の客は話をしたがる。さも興味のありそうなふりをして、相槌を打っていればいい。

いちいち噺を考えて稽古をしなくてすむ上に、仕事をしながら酒が飲める。おれのような男にはこたえられねぇ稼業じゃねぇか。

酒のしくじりが元で噺家春家喜多八から幇間たこ八となって三月、夜ごと座敷でどんちゃん騒ぎをしていたら――またもや酒でやらかした。

「だから、いい気になって飲むんじゃないとあれほど言っておいたじゃないか。座を盛り上げる幇間が客を白けさせてどうするんだい」

八月十六日の昼下がり、駒形町の茶問屋「駿河屋」の座敷で、主人の吉左衛門が苦々しげに吐き捨てる。喜多八は噺家の頃から世話になっている旦那に向かい、「面目次第もございやせん」と畳の上に這いつくばった。

昨晩十五日は、言わずと知れた中秋の名月である。日頃から風流人を気取っている吉左衛門は浅草の料理屋で内輪の宴を催した。

――おまえも知っての通り、あたしはしめっぽいのが苦手でね。せいぜい馬鹿なことを言って、陽気に座敷を盛り上げておくれ。

客はみな洒落のわかる大店の主人ばかりと聞いて、駆け出しの幇間は張り切った。当意即妙の受け答えは噺家の頃から得意としている。せいぜい客をにやりとさせて、祝儀を巻き上げるつもりだった。

実際、宴が始まって半刻（約一時間）は何の問題もなかったのだ。喜多八は得意な小噺を披露して、客からお流れを頂戴した。

気心の知れた集まりのため、座が温まってくると客はてんでに楽しみ出す。

幇間として宴を盛り上げようと、懐紙に月の絵を描く客がいれば、「こいつぁ、すごい。北斎もまっさおだ」と手を叩く。川柳を詠む客がいれば、「こいつぁ、まいった」と下手な言葉遊びをほめちぎる。そのたびに「まあ、一献」と勧められて、喜多八はすっかりご機嫌だった。

寄席で噺をするよりも、こっちのほうが割りがいい。笑顔でそう思ったとき、客のひとりに手招きされた。

——野暮なことは言いたくないが、本当に噺家をやめちまっていいのかい。あたしは奥山の寿亭でおまえさんの噺を聴いたことがある。面白かったし、客にも受けていたじゃないか。もう寄席に出る気はないのかい。

その言葉を聞いた瞬間、どういうわけだか、さっきまで考えていたことが頭の中でひっくり返った。

おれだって好きでやめたんじゃねぇ。

事情をろくに知らないやつが勝手なことを言うなってんだ。

にわかに込み上げた憤りを酒と一緒にぐっと飲み干す。客は目を丸くして喜んだ。

——おや、いい飲みっぷりだね。それじゃ、もう一杯。

喜多八は勧められるまま、間を置かずに盃を空けた。

酒を飲んでいる間は、心にもないお世辞を言わなくてすむ。もっと酔いが回ったら、嫌な気分から抜け出せる。

——こんな小さな盃じゃ、いくら飲んでも酔えやしません。もっと大きい器に注いでくだせぇ。

すると、人の悪い客が「これでどうだい」と大皿を差し出した。吉左衛門は顔色を変えて止めようとしたけれど、喜多八は臆することなく受けて立つ。そして、見事に飲み干して――目から涙があふれ出した。

十五で噺家を志し、落とし噺が得意な春家恋助に弟子入りした。噺家として売れ出したのは三年前の二十五のとき。洒落尽くしの噺が受けて、だんだん贔屓が増えてきた。

噺家として人気が出れば、あっちこっちでちやほやされる。調子に乗った喜多八は遊び歩いて酔い潰れ、駆け出しの頃から世話になっている寿亭の出番をすっぽかした。怒った席亭から一切の出入りを禁じられ、他の寄席からも締めだされた。

――芸人は飲んで遊ぶのも仕事のうちだが、高座が疎かになるんじゃどうしようもねぇ。この先も噺家を続けたいなら、きっちり酒を断って寿亭の席亭に詫びを入れろ。それができなきゃ、おめぇとは縁切りだ。

師匠に真顔で叱られても、喜多八は聞く耳を持たなかった。

たかが一度のしくじりで目くじらを立てるなんて大人げねぇ。寄席の客は春家喜多八の噺を楽しみにしている。ひと月も経てば、席亭のほうから「またうちの寄席に出てください」と酒でも持ってやってくらぁ。

しかし、ひと月どころか三月経っても、どこからも声がかからない。天狗の鼻をへし折られて途方に暮れていたところ、吉左衛門から「寄席に出ないなら、幇間をやらないか」と誘われた。

おかげで食うには困らないが、客を笑わせる噺家と客に笑われる幇間では気の持ち様が違う。それに噺を聴かせるのは金持ちばかりで、貧乏人を笑わせられない。

――おれは金持ちの機嫌を取るために噺の稽古をしてきたんじゃねぇ。

それからはもう何を聞いても、何を見ても、泣けて泣けて仕方がない。夜空で輝く月でさえ、大口を開けて嘲笑っている気がする始末。

そんな幇間の姿に吉左衛門はもとより他の客も鼻白む。中には喜多八をなだめようとした客もいたけれど、酔って外れた心のたがはあいにく元に戻らなかった。

――酒好きが酒を飲んで何が悪いっ。

――誰だって一度くらいは酒でしくじるもんだろう。

月に吠える犬よろしく嗚咽混じりに泣き叫び、月見の宴は夜四ツ（午後十時）を待たずにお開きになった。酔っ払いの幇間はそのまま料理屋に置いていかれ、目覚めたのは今朝の四ツ（午前十時）過ぎだった。

正気に戻った喜多八が青ざめたのは言うまでもない。

「せっかくの月見の宴を台なしにして、お詫びの言葉もありやせん。けど、駿河屋の旦那に見限られたら、手前の口は干上がっちまいやす。なにとぞ大きなお心で勘弁してやってくだせぇまし」

二日酔いも何のその、ひれ伏したまま口にしたのは偽らざる本心である。

噺家だった二十八の男にできる仕事は限られる。

今さら職人修業を始めるわけにはいかないし、行商をするには元手がいる。黙って身体を動かすのは、生まれたときから性に合わない。噺家修業が無駄にならず、仕事で酒が飲めるのは幇間だけだ。

息をひそめて返事を待てば、大きなため息が聞こえてきた。

「もういい。顔をお上げ」

吉左衛門に促されて、恐る恐る顔を上げる。茶問屋の主人は香り高い駿河のお茶を一口すすり、湯呑を置いて背筋を伸ばした。

「おまえが噺家修業に精を出してきたことは、あたしもよく知っている。酔っ払った勢いで泣き言が出ても仕方がないさ」

「旦那、ありがとうございます」

思いがけず労られ、喜多八は再び畳にひれ伏す。素面でも泣けてきそうだと思ったとき、「でもね」と相手が言葉を継いだ。

「あたしは二度とおまえを呼ばないよ。幇間たこ八は昨夜限りにするんだね」

「そうおっしゃらずに、見捨てないでおくんなせぇ。昨日のようなしくじりは二度といたしやせんから」

にわかに話の流れが変わり、喜多八はうろたえる。吉左衛門はかぶりを振った。

「幇間ってのは、馬鹿をやって客を楽しませるのが仕事だろう。酒に酔った挙句に馬鹿をして、不愉快にされちゃかなわないよ」

「ですから、昨夜はたまたま悪酔いして……今までちゃんと勤めていたのは、旦那だってご存じでしょう」

「大の男が甘えたことを言うんじゃないよ。仕事はちゃんとできて当たり前、たった一度のしくじりで築いてきた信用を失うんだ。これで二度目になるというのに、おまえはまだわからないのか」

手厳しい旦那の言い分にうまく言い返すことができない。喜多八は着古した着物の下で冷や汗をかく。

「だいたい酔ったはずみとはいえ、『おれは金持ちの機嫌を取るために噺の稽古をしてきたんじゃねぇ』なんて言われちゃあね。こっちの顔は丸潰れだよ」

「それは、その」

「あたしは客が誰であれ、うちのお茶を買っていただいてありがたいと思っている。金持ちの相手をしたくないなら、幇間なんてやめちまいな」

茶問屋の主人はそう言って、再び湯呑に口をつける。喜多八はうつむき、腹の中で文句を言った。

好きな仕事で稼いでいる輩がどれほどいると思ってんだ。みなおまんまを食うために、やりたくもねぇ仕事をしぶしぶしている。苦労知らずの金持ちが勝手なことをぬかすんじゃねぇ。

そんなこちらの気持ちも知らず、相手は諭すように話を続ける。

「貧乏人を笑わせたいなら、また噺家に戻るんだね。酒を断って、師匠と席亭に詫びを入れればいいじゃないか」

「冗談じゃねぇ。酒が飲めなくなるくらいなら、死んだほうがましでさぁ」

こっちは酒が飲みたくて生きているようなものである。だから師匠に縁を切られても、席亭に頭を下げなかった。

「旦那だって酒飲みの端くれだもの。この世に生きている限り、酒を飲みたいと思うでしょう」

「おまえと一緒にしないでおくれ。あたしは商売や身体に障ると思えば、いつでも酒を断ちますよ」

すました顔で言い返されて、恨みがましい目を向ける。

口では何とでも言えるけれど、いざとなったらわかるものか。人は駄目だと言われると余計に飲みたくなるものだ。

この世から酒が消えうせるなら、涙を呑んでこらえもしよう。だが、周りが酒を飲んでいるのに、どうして我慢しなくちゃならねぇ。

腹の中で嚙みついて、喜多八はふと気が付いた。

そうだ。馬鹿正直に酒を断とうとするからいけないんだ。

表向きは酒を断ったことにして、長屋でこっそり飲めばいい。酒のにおいに気を付ければ、隠れて飲んでもわかるまい。

それに酒さえ飲めるなら、やっぱり噺家を続けたい。客に文句を言われても、酒さえあれば耐えられる。

頭に浮かんだ考えについ口の端が上がりかける。喜多八は急いで顔を伏せ、思い悩んでいるふりをしてから顔を上げた。

「吉左衛門旦那がそこまでおっしゃるなら是非もねぇ。手前も死ぬ気で酒を断つことにいたしやす」

口では「酒を断て」と言いながら、本当に従うとは思っていなかったらしい。相手は目を丸くしてのけぞった。

「急にどうしたんだい。おまえが酒を断つと言い出すなんて、雪でも降るんじゃないだろうね」

「手前は旦那のお言葉でようやく目が醒めやした。これからは生まれ変わって、噺家として出直しやす。手数をかけて申し訳ありやせんが、師匠や席亭との間を取り持ってやってくだせぇまし」

たった今「酒を断って噺家に戻ればいい」と口にした吉左衛門である。四の五の言わずに胸を叩いて引き受けてくれると思っていた。

ところが、こっちを見つめる二つの目はなぜか険しさを増している。「どうなさいやした」と尋ねると、相手は右の眉だけ撥ね上げた。

「おまえが酒を断つ気になるなんて、どうにも信じられなくてね。その場限りの口約束で騙すつもりじゃないのかい」

遊んでばかりいるようでも、さすがに大店の主人である。あっさり魂胆を見透かされ、喜多八は内心ぎくりとする。

しかし、こっちも舌先三寸で生きてきた身だ。すぐに恐れ入るくらいなら、最初から嘘などつくものか。

「旦那、そりゃ、あんまりでさ。いくら噺をつくるのが稼業でも、大恩ある旦那に嘘をついたりいたしやせん」

芸者ならよよと泣き伏すところだが、男がやってもさまにならない。悲しげな顔でうなだれれば、吉左衛門のまなざしが月代のあたりに突き刺さる。

ここで嘘だと見破られたら、今度こそ愛想を尽かされる。内心ひやひやしていると、吉左衛門が膝を打つ。

「そうだ。おまえ、並木町の七福は知っているかい」

並木町の七福と言えば、名の通った大きな酒屋である。浅草に住む飲兵衛なら誰でも知っている店だ。

酒を断つと言っているのに、どうして酒屋が出てくるんだ――怪訝に思いつつうなずくと、相手は食えない笑みを浮かべた。

「あそこの若旦那が酒の悩みの相談にタダで乗ってくれるそうだ。どうすれば酒をやめられるか、明日にでも相談しておいで」

「べ、別に、他人を頼らなくても大丈夫でござんすよ」

そんなことをしたら、この先酒が買いづらい。何度も首を横に振れば、吉左衛門は眉をひそめた。

「だったら、どうやって酒を断つつもりだったんだい」

「それは……」

「おまえのような男にたやすく酒が断てるものか。若旦那の言うことを聞いて、見事に酒を断ってごらん。先のことはそれからだ」

こっちの筋書きにないことを言い出され、喜多八は言葉を失った。

二

本気で酒を断つ気はなかったのに、どうしてこんなことになったのか。

長屋に戻った喜多八は頭を抱えて酒を飲む。

酒の味を覚えてから、毎日欠かさず飲んできた。一晩で三升飲んだこともあるのに、一滴も飲めないなんて耐えられない。我慢もすぎると身体に毒だと、昔から言われているではないか。

かくなる上はその若旦那を丸め込み、駿河屋に代わる贔屓になってもらおう。大店の跡継ぎでありながら、他人の悩みを聞いてやるようなお人よしだ。もっともらしい言い訳を並べれば、ころりと騙されるに決まっている。

翌日、喜多八は昼前に七福を訪れた。「駿河屋の主人の紹介で、酒の相談に来た」と言えば、すぐに座敷に通された。

「お待たせいたしました。七福の跡取りで、幹之助と申します」

襖が開いて現れたのは、二十歳そこその男だった。近頃は歳を取っても身代を継げない「若旦那」が多いけれど、幹之助は正真正銘「若旦那」である。

それにしても、この顔を見たら誰だって「狐に似ている」と思うだろう。喜多八はしげしげと若旦那を見つめてしまった。

店が繁盛しているのは、縁起のいい跡継ぎがいるからか。こんなことなら、稲荷ずしを持ってくればよかったよ。

すました狐顔が稲荷ずしを食べる姿を思い浮かべ、喜多八は噴き出しそうになる。今日は殊勝なふりをして、このお稲荷様のお遣いを騙さなければならないのだ。

心の褌を締め直すと、うやうやしく頭を下げた。

「手前は幇間のたこ八と申します。駿河屋の旦那から『七福の若旦那に酒の相談をしてこい』と言われたんでござんすが……吉左衛門旦那から何か聞いていなさいますか」

相手の返答次第でこっちの口にする台詞が変わる。上目遣いに返事を待てば、幹之助は首を横に振った。

「いいえ、何も。茶問屋の駿河屋さんはもちろん存じておりますが、特に親しくしていただいているわけではありませんので」

どうやら吉左衛門は「酒の相談に乗る」という評判だけで、「七福に行け」と言ったらしい。これはますます好都合と喜多八はほくそ笑む。

「それで、たこ八さんはどんな酒の悩みがあるんですか。力になれるかわかりませんが、ひとまずお話をうかがいましょう」

他人の悩みを聞きなれているのか、幹之助はやけに落ち着いている。若旦那に促され、喜多八は顔をしかめて下を向いた。

「手前は噺家だったんですが、酒のしくじりが元で師匠に縁を切られやした。その後は心ならずも幇間になりやしたが、またぞろ酒でしくじりまして……駿河屋の旦那を怒らせてしまったんでさ」

「なるほど、それで酒を断つ相談に来たというわけですか」

先回りする相手の前で喜多八はかぶりを振る。膝の上で手を握り、わざと不安そうな顔をした。

「若旦那はいろんな人の酒の悩みの相談に乗ってきなすったんでしょう」

「ええ、まあ」

「その中には、変わった悩みもあったんでしょうねぇ」

「そうですね。詳しく教えることはできませんが、ちょっと信じられないようなものもありましたよ」

淡々と返されて、喜多八は声をひそめた。

「そんな若旦那なら、きっとわかってくださると信じて打ち明けるんですが……手前が酒を断てないのは、単に酒が好きだからじゃねぇんです。ずいぶん前に亡くなったじいさんのせいなんでさ」

　喜多八の祖父は今の自分に輪をかけた酒好きだったが、貧しくてめったに飲むことができなかった。その証拠に「もっと酒が飲みたかった」と言い残して世を去った——と口から出まかせを訴える。

「手前が十五になったとき、その死んだじいさんが夢枕に立ちやした。そして『酒が飲みたいという思いが強すぎて未だに成仏できない。孫のおまえが代わりに酒を飲んでくれたら、いずれ成仏できる』と言ったんです」

「つまり、たこ八さんにはおじいさんの霊が憑いていて、そのせいで酒を断てないとおっしゃいますか」

「へえ、酒を飲まずにいると、耳元でじいさんの苦しげな声がするんでさ」

「それは大変ですね」

　幹之助は「嘘だろう」と疑いもしなければ、怖がりもしない。その態度におかしなものを感じながらも、喜多八は身を乗り出した。

「突拍子もない話だってこたぁ、重々承知です。手前は、手前に憑いているじいさんを苦しめたくねぇんです。このまま酒を飲み続けて、成仏させてやりたいんでさ」

「あたしには何も見えませんが」

「それでも、確かにいるんでさぁ。ああ、若旦那の情け深いお人柄を見込んで隠していたことをお話ししたのに、やっぱり信じてもらえなかった。手前はいったいどうすりゃいいんだ」

初対面の相手を持ち上げながら、さも傷ついたように顔を歪めて両手で頭を抱え込む。ただし、腹の中では冷や汗をかいていた。

やはり、じいさんの霊というのは荒唐無稽すぎただろうか。しかし、口から出してしまった以上、話の筋は変えられない。

「じいさん、すまねぇ。おれが不甲斐ねぇばっかりに……もう成仏できるほど飲めないかもしれねぇ」

まるで祖父がそこにいるかのように、宙に向かって訴える。しつこく泣き言を並べていたら、相手がおもむろに口を開いた。

「たこ八さん、落ち着いてください。あたしはおじいさんの霊が見えないと言いましたが、信じないとは言っていません」

「ほ、本当ですか」

しめたという思いをごまかすように、喜多八は大きく目を瞠る。幹之助は真剣な表情でうなずいた。

「この世の中には信じがたいことがたくさんあります。酒が飲みたくて成仏できない人がいてもおかしくはない」

「噺家崩れの言うことなんて信じないやつが多いのに……若旦那、信じてくださってありがとうございます」

思惑通りに話が進み、喜多八は目を潤ませて礼を言う。やっぱり苦労知らずの若旦那だ。他愛もない嘘に騙される。

「ですが、駿河屋の旦那は信じてくれねぇと思いやす。大事な贔屓をなくして、手前はこの先どうすれば……酒を断つことができない限り、噺家にも戻れねぇし」

喜多八は途方に暮れたふりで、ちらりと幹之助を盗み見る。

さあ、「そういうことなら、酒を断てなくても仕方がない。あたしが贔屓になってあげよう」と言ってくれ。それが駄目なら「駿河屋さんに代わるお客を紹介しましょう」でも構わねぇから。

ところが、相手の口から飛び出したのはまるで予期せぬ言葉だった。

「嘆くことはありません。おじいさんが成仏できれば、たこ八さんは酒を断てる。そうすれば噺家にだって戻れるんでしょう」

「それは、そうですが」

不意に嫌な予感が頭をよぎり、喜多八の顔がこわばる。幹之助は励ますような口調で続けた。

「あたしの知り合いにそういったものを祓ってくださる和尚様がいるんです。すぐにご案内いたします」

「い、いいえ、それはけっこうです。いくらこの身に憑いているとはいえ、祖父の霊を祓うことなどできません」

そんな和尚の前に立ったら、こっちの嘘がばれてしまう。勢いよく首を左右に振ると、相手は「大丈夫です」と請け合った。

「祓うとは霊を成仏させることです。おじいさんだって一刻も早く生前の業から解き放たれたいはずです」

「で、で、ですが、そういうお祓いはたくさん金がかかるんでしょう。手前はあいにくからっけつで」

「それこそ無用な心配です。ちゃんとした僧は成仏できない霊を祓うために金を取ったりいたしません」

にっこり笑って返されて、喜多八は二の句が継げなくなった。

どうして酒屋の若旦那がお祓い坊主と知り合いなんだ。どうせなら、金持ちの旦那を紹介してくれりゃあいいものを。

この場をうまくごまかして逃げる方法を考えていたとき、「失礼します」と声がして小僧がお茶を運んできた。

「定吉、ずいぶん遅かったね」

「すみません。番頭さんに捕まりまして」

十二、三のはしっこそうな小僧が首をすくめてお茶を出す。そして、喜多八の顔をじっと見つめた。

「そんなに見たら失礼だろう。用がすんだら下がりなさい」

若旦那に窘められても小僧の目は離れない。尻がむずむずしてきたとき、いきなり大きな声を出された。

「どこかで見た顔だと思ったら、噺家の春家喜多八だっ。ねぇ、そうでしょう」

「定吉、お客様を呼び捨てにするんじゃない。それにこの方は噺家をやめて幇間になったそうだよ」

勝手に答えられてしまい、喜多八の顔が引きつる。

こんな子供に余計なことを教えなくてもいいじゃないか。腹の中で文句を言うと、小僧がにじり寄ってきた。

「どうして噺家をやめたんですか。面白いのにもったいない」

「その、いろいろ事情がございやして」

「定吉はたこ八さん、いや喜多八さんに噺家に戻ってもらいたいのかい」

幹之助が口を挟むと、小僧は大きくうなずいた。

「若旦那は知らないかもしれませんが、喜多八さんの噺は面白いんです。手前は奉公に上がる前に、神明前(しんめいまえ)の風見亭(かざみてい)で聴いたことがあります」

見ず知らずの子供にほめられて得意の鼻をうごめかせる。何を演じていたかと尋ねれば、小僧は笑顔で答えてくれた。

「田舎者(いなかもの)のお大尽(だいじん)が吉原(よしわら)の女郎(じょろう)と引手茶屋(ひきてぢゃや)の女将(おかみ)に騙される噺です」

「………」

色噺(いろばなし)は得意だが、この子は奉公に上がる前から女郎や引手茶屋を知っていたのか。末恐ろしいなと思っていると、小僧がいきなり頭を下げた。

「お願いですから、噺家に戻ってください。喜多八さんの噺を楽しみにしている人は大勢いるはずです」

「大丈夫だよ。たこ八さんは遠からず喜多八さんに戻るから」

幹之助が勝手に答えてしまい、小僧ははしゃいだ声を上げた。

「よかった。ひょっとして、今日はそのための相談に来たんですか」

「え、ええと、まあ」

子供をがっかりさせたくなくて、喜多八はあいまいに言葉をにごす。すると、小僧は胸を張った。

「うちの若旦那は頼りになりますから、大船に乗った気でいてください」

「もういいだろう。無駄口はそれくらいにして下がりなさい」

若旦那に命じられて、小僧は名残惜しげに座敷を出ていく。

喜多八は眉をつり上げた。

「若旦那、いい加減なことを言わないでくだせぇ」

「ですが、おじいさんさえ成仏すれば、酒を断つことができる。そうすれば、噺家に戻れるでしょう」

「それはそうですが……手前はじいさんの霊を無理やり祓いたくねぇんです」

「では、噺家に未練はないんですか。定吉のようにおまえさんの噺を楽しみにしている人がいるのに」

責めるような目を向けられて、喜多八の胸はちくりと痛む。口をつぐんでうつむけば、幹之助が「だったら、こうしましょう」と手を打った。

「ひとまず和尚様に会ってください。その人となりを見てもおじいさんを祓われたくなかったら、他の手を考えます」

ここまで言われてしまったら、会いたくないとは言い張れない。喜多八は心ならずも承知した。

三

下谷、浅草周辺には大小さまざまな寺がある。

幹之助の目当ては浅草寺にほど近い千隆寺という寺らしい。二人で向かう道すがら、若旦那が話してくれた。

「千隆寺の和尚様は吉原によく呼ばれるそうです。お祓いの腕は確かなので、安心してください」

大門の内側では、楼主や遣手の折檻で亡くなったり、無理心中で死んだ女郎の霊がたびたび迷って出るという。そういう恨みの強い霊ですら祓える僧だと教えられて、喜多八はますますうろたえた。

そんなおっかない和尚に嘘がばれたら、どんな目に遭わされるかわからない。幹之助だって怒るだろう。

こうなりゃ、和尚に会う前にじいさんの霊を成仏させねぇと。だが、いったいどうやって――ひそかに知恵を絞っていたとき、前を歩いていた幹之助が振り向いた。

「さっき九ツ（正午）の鐘がなりましたが、蕎麦屋にでも寄りますか。それとも、このまま寺へ行きますか」

喜多八は「待ってました」とばかりに飛びついた。

「はい、実はさっきからじいさんがうるさくて。あと一口で成仏できるから、手前に早く酒を飲めと言うんです」

近くの蕎麦屋で酒を飲み、じいさんは無事成仏したことにすればいい。ほっとしかけたのも束の間、幹之助は眉をひそめた。

「昼間からそんなことを言うなんて……喜多八さんに憑いているのは、本当におじいさんの霊ですか」

「そ、そりゃ、どういうことでしょう」

「話をうかがったときから引っかかっていたんです。仮にも祖父の霊なら、大事な孫の足を引っ張るような真似をするでしょうか」

霊のことなどよく知らないため、うっかり目が泳いでしまう。幹之助はさらに近くに寄り、低い声で耳打ちされる。

「脅かすわけではありませんが、喜多八さんに憑いているのはおじいさんに成りすましている悪霊ということもありえます」

初めから何も憑いていないので、成りすましもへったくれもない。とはいえ、喜多八は驚いた。

「霊が他人の名を騙ったりするんですかい」

嘘をつくのは生きている人だけではなかったのか。目を丸くして尋ねれば、幹之助が顎を引く。

「ええ、そういう霊は特に性質が悪いと聞いています。一刻も早く千隆寺に行き、和尚様に視てもらいましょう」

一瞬見えた光明があっという間に消えていく。言い返せない喜多八は幹之助のあとについていき、とうとう目指す寺についてしまった。

「ここです。和尚様がいらっしゃるといいんですが」

周りの寺と見比べて、目の前の寺は明らかにみすぼらしい。聞けば、千隆寺には和尚しかいないので、掃除や手入れが行き届いていないとか。

吉原で女郎の霊を祓うたびに金をたくさんもらえるはずだ。どうして小坊主どころか、寺男さえいないんだろう。

喜多八が首を傾げたとき、見透かしたように教えられた。

「和尚様のそばにいると、常人には耐えがたい恐ろしいものを見てしまうんです。小僧も寺男もいつかないそうですよ」

「そ、そうですか」

駄目押しの話を聞かされて、喜多八は腹をくくった。

ここまで来たら、一か八かだ。もう迷っている暇はねぇ。

石段を上って千隆寺の門をくぐるなり、「ああっ」と叫んでうずくまる。前を歩いていた幹之助が驚いたように振り向いた。

「急にどうしました。腹でも痛いんですか」

後ろめたい気持ちを押し殺し、呆けたように宙を見つめる。すると、肩を摑んで揺さぶられた。

「喜多八さん、しっかりしてください。いったいどうしたんです」

焦った様子で問われてから、喜多八は正気に返ったように身震いする。

「何てこった……若旦那のおっしゃった通りでした。手前に憑いていたのは、じいさんの名を騙る悪い霊だったみてぇで……この寺に満ちている和尚様の法力で祓われてしまいやした」

幹之助は黙って聞いていたが、眉間にしわが寄っている。いくら和尚の法力がすごくても、寺に足を踏み入れただけで霊が祓われるというのは無理があったか。

腹の中で舌打ちしたとき、恰幅のいい僧侶が近づいてきた。

歳の頃なら四十七、八、肌の色つやがやけにいいのは、陰で精進料理以外のものを食べているからに違いない。

「誰かと思えば、七福の若旦那ではないか。急にどうなされた」

「実は、和尚様にお祓いをお願いしようと思ってきたのですが」

そこまで言って言葉を切り、幹之助がこっちを見る。喜多八は早く逃げたい一心でひと息にまくし立てる。

「手前を騙していた霊はこの寺に足を踏み入れるなり、断末魔の叫びを上げて勝手に離れていきました。これもひとえに和尚様の法力のおかげです。若旦那、いろいろお騒がせいたしました。お二人のご恩は忘れません。では失礼いたします」

言い終えて踵を返したとたん、和尚に襟首を掴まれた。

「何が何だかさっぱりわからん。せっかくここまで来たのだから、わしにもわかるように説明していけ」

「ですから、ここへ来た用向きはもう終わったということです。ねぇ、若旦那」

両手をバタバタ動かしながら、幹之助に助けを求める。しかし、若旦那は首を左右に振った。

「いいえ。ここへ来たのは、お祓いのためだけじゃありません」

喜多八は「話が違う」と思いながら、本堂へ引きずられていった。

「では、怪しげな霊が祖父の名を騙って取り憑いていたと申すのか」

本堂で幹之助についた嘘をもう一度繰り返すと、和尚は楽しげに目を細める。

喜多八は作り笑いを浮かべてうなずいた。

「はい、ですが、お祓いをお願いする前に勝手に離れていきました。さすがは幽霊祓いで世に名高い千隆寺の和尚様です。まことに恐れ入りました。それじゃ、これでごめんこうむります」

言うだけ言って腰を浮かせれば、幹之助に袖を引かれる。

「待ってください。ここに来たのはお祓いのためだけじゃないと言ったでしょう。和尚様、またあれをお願いいたします」

「ああ、なるほど。この人は酒を断ちたいのだったな」

和尚は「あれ」の意味がわかったようだが、こっちはちっともわからない。ひとりうろたえていると、真顔になった和尚と目が合う。

「念のために尋ねるが、おぬしは本当に酒を断ちたいのだな」

いや、できれば断ちたくないのだが、ここでそんなことが言えるものか。喜多八はぎこちなくうなずいた。

「も、もちろんでさぁ」

「ならば、今からわしの教えた通りに言え」

「……はあ」

「おきょうさま、二度と酒は飲みません」

「何ですか、そりゃ」

「何ですかではない。おきょうさま、二度と酒は飲みません、だ。酒を本気で断ちたいのなら、この本堂で言ってみろ」

「お、きょうさま、二度と酒は、飲みません」

しどろもどろに口にすると、和尚にじろりと睨(にら)まれた。

「声が小さいっ。もっと大きな声でもう一度」

「おきょうさま、二度と酒は飲みませんっ」

何が何だかわからないまま、大きな声で言わされる。今度はお気に召したのか満足そうにうなずかれた。

「よし。これなら、おきょうにも聞こえただろう。いいか、おぬしは今後一切酒を飲んではならん。一滴でも口にすれば、命を落とすかもしれんからな」

「和尚様、またご冗談を」

酒をやめると言いながら、飲んでしまう者は大勢いる。喜多八が笑って手を振れば、和尚の顔が険しくなった。

「おぬしは酒を断つつもりでこの寺に来たのだろう。七福の若旦那ばかりか、わしとおきょうにも嘘をついたと申すのか」

「い、いいえ、そういうわけじゃありやせんが」

「おきょうは約束を破った者に容赦(ようしゃ)をせん。のう、若旦那」

「そうです。喜多八さん、命が惜しかったら、決して酒を飲んではいけません」

幹之助にも真顔で言われ、二人の顔を見比べる。嫌な予感に血の気が引き、恐る恐る和尚に尋ねる。

「あの……おきょうさまってのは」

「飲んだくれの父親のせいで、吉原に身を沈めた娘の名じゃ。女郎として売られるとき、父親は涙ながらに『二度と酒は飲まない』と約束した。ところが、ひとり暮らしになったとたん、性懲りもなく酒を飲み始めた。一方、おきょうは女郎になって一年後、酒癖の悪い客に殺されたのじゃ」

おきょうの亡骸は三ノ輪の浄閑寺に投げ込まれることなく、父親のもとに返された。娘を殺された父親は通夜の晩にも酒を飲み、弔問客にさんざんくだを巻いたという。

「酔っ払いをひとりにして火事でも出されてはたまらないと、隣に住む男が父親と寝ずの番をした。そして迎えた草木も眠る丑三つ刻、その男がうつらうつらしていたら、聞き覚えのある恨めしそうな声がしたそうな」

——おとっつぁん、あたしとの約束を破ったのね。二度と酒は飲まないと、あんなに固く約束したのに……。

「恐る恐る振り向くと、そこには髪をおどろに乱し、口の端から血を流したおきょうが立っていた。男は悲鳴を上げて逃げ出し、家に戻って布団をかぶり震えておった。そのうちしらじら夜が明けて、おっかなびっくり隣の様子を見に行くと……」

「ど、ど、どうなっていたんです」

両手を胸の前でたらし、和尚が横目でこっちを見る。喜多八が裏返った声で促せば、相手は低い声でささやいた。

「おきょうの父親は白目を剝き、泡を吹いて死んでいたんだと。そのすぐそばには、粉々になった五合徳利があったそうじゃ」

「そ、そ、そうですか」

話し慣れているらしく、声の強弱、間の取り方などうまいものだ。知らずごくりと唾を呑めば、和尚が軽く咳払いする。

「二人の墓はこの寺にあるのだが、初めは並べて建ててあった。ところが四十九日の晩、わしの夢におきょうが現れて、『約束を破ったおとっつぁんを許せない』と泣くんじゃよ。翌日、父親の墓を掘りかえして離れたところに建て直した」

この話が怪談好きの間で広まり、ある酒好きが面白がって「おきょうさま、おれも酒を断ちます」と、わざわざ千隆寺に来て口にした。そして、その晩に酒を飲み――血を吐いて死んだという。

「以来、どうしても酒を断てない者がこの寺に来て、おきょうと約束をするようになったんじゃ。誰だって命は惜しいからな。おきょうさまと約束すれば、嫌でも酒が断てるというわけだ」

「ち、ち、父親はともかく、か、勝手に約束して死んだやつは祟りじゃないんじゃ……」

「何を言う。おぬしに憑いていた霊は、この寺に足を踏み入れたとたん離れていったとその口で言ったではないか。それはわしの法力ではなく、この寺に住み憑いておるおきょうのおかげじゃ」

「そんなおっかねぇ霊をどうして野放しにしておくんですっ。さっさと祓っちまっておくんなせぇ」

喜多八が泣きそうな声で文句を言っても、和尚はまるで耳を貸さない。

「別におっかなくはない。酒に恨みを持つおきょうのおかげで心の弱い者でも酒が断てる。ありがたいことではないか」

「だったら、先にそういう事情を教えるのが筋だろう。約束させてから教えるなんて、騙し討ちもいいとこだ」

「だから、『本当に酒が断ちたいのだな』と念を押したではないか」

にやりと笑って返されて、喜多八ははたと気が付いた。

こっちが祖父の霊を持ち出したから、幹之助と和尚も出まかせを言っているに違いない。「霊なんているものか」と言い返せないのを承知の上で。

怪談もどきで噺家を騙そうとするなんて、おれも甘く見られたもんだ。喜多八は一瞬ほっとしかけて――いや、それはないと思い直す。

七福で顔を合わせてから、幹之助はずっと自分といた。この寺に来てからも和尚と口裏を合わせる暇などなかったはず。それに和尚の話し方は慣れていて、昨日今日の思い付きを初めて語ったとは思えない。

では、おきょうの話は本当なのか。

一滴でも酒を飲めば、おれは取り殺されるのか。

またたく間に血が下がり、目の前が真っ黒に塗り潰される。喜多八は一縷の望みに縋って、震える声を絞り出した。

「勝手に約束した男は飲みすぎて、卒中でぽっくり逝ったんだ。おきょうに取り殺されたわけじゃねぇ」

「ほう、あくまでたまたまだと言い張るか」

和尚はからかうように言って三日月形に目を細める。面白がっているのがわかり、喜多八は苛立った。

「ああ。百歩譲っておきょうの祟りだとしても、おれはそういう事情を知らなかった。さっき言ったことは取り消しだ。知ってりゃ、あんなことを言うもんか」

「おきょうさまの祟りが怖くないなら、取り消さなくてもいいだろう」

「いちいち揚げ足を取るんじゃねぇ」

口の減らない稼業は噺家だけではないらしい。恨みを込めて和尚を睨むと、幹之助が口を開いた。

「つまり、喜多八さんはおきょうさまの父親のように元から酒を断つ気がなかった。あたしに嘘をついたということですか」

「だったら、何だ。おれは酒が飲めねぇくらいなら、死んだほうがましだ」

一度足元に下がった血が勢いよく上がっていく。破れかぶれで言いきれば、若旦那の目つきが冷たさを増す。

「では、試してみましょうか」

「何を」

「そんなに酒が飲みたいなら、あたしがごちそういたします」

いつもはうれしく感じる言葉が今日ばかりは喜べない。お稲荷様のお遣いを本気で怒らせてしまったらしい。

「え、えっと、それは……」

たちまち弱気の虫が騒ぎ出し、喜多八は言葉をにごして後ずさる。幹之助は和尚に頭を下げた。

「お騒がせをして申し訳ありません。あたしたちは失礼します」

「ああ、葬式を出すことになったら呼んでくれ」

和尚は笑顔で縁起でもないことを口にした。

四

七福に戻った幹之助は喜多八を蔵に連れていった。

「さあ、この中からどれでも好きなものを選んでください。気のすむまで飲ませて差し上げます」

剣菱、老松、三国山に男山――伊丹の名だたる銘酒から隅田川、宮戸川、都鳥(どり)といった江戸の酒まで、ずらりと酒樽(さかだる)が並んでいる。近頃うまくなったと評判の灘(なだ)の酒もあった。さすがは「品揃(しなぞろ)えなら浅草一」の七福だと、勢い鼻息が荒くなる。

ここにある酒をいくらでも飲んでいいなんて、まるで夢のような申し出だ。千隆寺に行く前ならば躍(おど)り上がって喜んだろう。

「和尚様から『おきょうさまに嘘をついて死んだ男は酒を飲んで間もなく血を吐いた』と聞いています。ひょっとしたら末期(まつご)の酒になるかもしれませんので、高価な酒を選んでも決して文句は言いません」

嫌みたらしく付け加えられ、背筋に冷たいものが走る。喜多八は顔をこわばらせて「せっかくですが」とかぶりを振った。

「今日は腹具合が悪いんで、お気持ちだけで十分でさ」

見え透いた嘘で断ったとたん、幹之助の眉が上がった。

「さっき、『酒が飲めねぇくらいなら、死んだほうがましだ』と言ったでしょう。またあたしに嘘をつくんですか」

「別に、嘘をついたわけじゃ」

「嘘じゃないと言うなら、どうぞ酒を選んでください。命より酒が大事なら、腹の調子が悪いくらいで遠慮することはないはずです。おきょうさまの祟りがなければ、飲んでも死にはしないでしょうし」

喧嘩腰で詰め寄られ、今度は喜多八が眉を上げる。人を陥れておきながら、そういう態度はないだろう。

「若旦那はおれを殺してぇんですかい」

「人聞きの悪いことを言わないでください。元はといえば、おまえさんが心にもないことを言うからいけないんです」

「だからって、今飲ませなくてもいいじゃねぇか。こっちは頭がこんがらがってんだ」

おきょうの祟りが嘘だとわかれば、落ち着いてまた酒が飲める。半信半疑の喜多八に幹之助は顎を突き出す。

「酒より命が大事なら、『死んだほうがましだ』なんて言わなければいいんです。口が滑ったと謝るなら、あたしも水に流してあげましょう」

見下すような言い草が喜多八の癇に障った。

えらそうに、何が「あたしも水に流してあげましょう」だ。おれは「酒を断ちたい」と言ったけれど、「どんなことをしても」とは言っちゃいねぇ。勝手に命を懸(か)けさせておいて、意地が悪いにもほどがあらぁ。

このまま相手の言いなりに頭を下げてなるものか。一寸(いっすん)の虫にも五分(ごぶ)の魂(たましい)、噺家崩れの酒飲みにも譲れない意地はある。

喜多八はぎゅっとこぶしを握り、ひときわ目につく剣菱の樽を勢いよく指差した。

「それじゃ、こいつでお願いしやす。将軍様も召し上がった剣菱を飲んでぽっくり逝けりゃ、酒飲み冥利(みょうり)に尽きるってもんだ」

やけくそで声を張り上げると、幹之助は軽く目を瞠る。そして「わかりました」とうなずいて、喜多八を座敷にいざなった。

「さあ、どうぞ」

手代(てだい)が運んできた酒を受け取り、幹之助が猪口(ちょこ)を差し出す。喜多八は受け取ったものの、手に力が入らず落としてしまった。

「喜多八さん、しっかり持ってください」

「む、む、武者震(むしゃぶる)いが止まらないんでさ」

すぐに猪口を拾って差し出すものの、情けないくらい手が震える。幹之助は困ったようにため息をつく。

「そんなに震えていたら、うまく酒が注げません」

「ちょ、猪口が小さいのがいけねぇんだ。その片口ごと飲ませてくだせぇ」

幹之助の前には、酒の入った片口が置かれている。

飲み納めになるかもしれないのなら、少しでも多く飲んでやれ。相手は顔をしかめたが、文句を言わずに差し出した。

「では、このままどうぞ」

震える両手で受け取って、波打つ酒をじっと見下ろす。

女郎の祟りなんてあるはずがない。

もしもあったとしても、おれはすぐに取り消したんだ。この酒を飲んだって命を落としたりするものか。

心の中で繰り返しても、手の震えは治まらない。喜多八は歯を食いしばり、片口を畳の上に置く。

噺が受けなくて悔し涙をこぼしたとき、大受けして師匠にほめられたとき、喜多八のそばにはいつも酒があった。つらいときは長屋でひとり飲み、薄い壁に向かって愚痴をこぼしたものである。

だから、酒が飲めないのは死ぬほどつらい。

だが、死ぬかもしれない酒は飲めない。

いっそ何も知らぬまま、この酒を飲んで死んじまえたらよかったのに——女々(めめ)しい思いが頭をよぎり、喜多八は素面で泣き出した。

「とびきりいい酒が目の前にあるのに、口をつけることもできねぇなんて……おれはなんて意気地(いくじ)がねぇんだ」

恥(はじ)も外聞(がいぶん)も投げ捨てて畳の上に身を伏せる。傍目(はため)も気にせず泣いていると、呆(あき)れたような声がした。

「まったく困った人ですね。どうしてそんなに酒が飲みたいんです」

酒屋の跡継ぎのくせに、そんなこともわからないのか。喜多八は顔を上げ、狐似の若旦那を睨みつける。

「酒があるから、この世の憂(う)さを吹き飛ばせる。酒を飲まねぇ人生なんて、張りも楽しみもありゃしねぇ」

「ですが、喜多八さんは酒のせいで噺家をやめることになったんでしょう。人前で噺をすることは張りや楽しみになりませんか」

「なるわけがねぇだろう。受ける噺をつくる苦労は並大抵(なみたいてい)じゃねぇんだぞ」

子供の頃から口達者で、もっともらしい嘘をつくのは得意だった。初めて寄席に行ったとき、噺家は扇子一本と口だけで生きていけることを知った。

父は船頭をしていたが、丈夫で口が堅くないと務まらない仕事である。向いていないのはわかっていたので、親の反対を押しきった。

しかし、修業を続けるうちに己の甘さに気付かされた。

知り合いに冗談を言って笑わせるのと、客を笑わせるのはわけが違う。客はつまらないと思ったら、「木戸銭泥棒」と遠慮なく罵る。これから出番というときは、決まって身体が震えたものだ。

そして人気が出るにつれ、身体の震えはひどくなった。客は春家喜多八の噺が面白いと思って聴きに来る。

もっと面白い噺をこしらえなければ、もっと気の利いた趣向はないかと頭をひねり続けるうちに、どんどん酒の量が増えた。挙句、出番をすっぽかし——席亭ばかりか、客にも愛想を尽かされた。

「好きな酒も飲まねぇで、どうやって噺家を続けろってんだ」

悲鳴じみた声を上げれば、幹之助が首を傾げる。

「つまり、喜多八さんは客が怖くて酒を飲みすぎたんですか」

「ああ、そうだよ。こっちの苦労も知らないで、今度の噺はつまらないとか、前の噺に似ているとか好き勝手に言いやがって」

「客とはそういうものですよ。ですが、そう言いながら、おまえさんの噺を心の張りにしている人だっているんです」

口から出まかせの落とし噺が心の張りになるものか。馬鹿なことを言うなと鼻を鳴らせば、若旦那はにっこり笑った。

「生きていると、つらいことがたくさんあります。喜多八さんが酔って憂さを晴らしたように、おまえさんの噺を聴いてこの世の憂さを笑い飛ばす人もいるんですよ」

「ふん、そういう客のために酒を飲むなと言いてぇのか」

ほめてくれるのはありがたいが、自分ひとりが酒をこらえる義理はない。冗談じゃねぇと言い返せば、相手は不意に真顔になる。

「では、喜多八さんはどうして噺家になったんです。面白い噺をして、客を笑わせたいと思ったからではありませんか」

「そりゃ、そうだが」

「おまえさんの噺が酒の代わりになるように、客が喜ぶことがおまえさんにとっての酒の代わりになりませんか」

「何だと」

「苦労してつくった噺が客に受けるとうれしいでしょう。それを心の張りとして噺家を続けてほしいんです」

「………」

「商いだって客が喜んでくれるから続けられる。人を支えるのは酒ではなく、人だとあたしは思います」

したり顔で締めくくられても、今度は腹が立たなかった。

師匠が「酒を断て」と言ったのは、おれが酒に逃げるからだ。

本当に酒がうまいのは、納得のいく噺をして、客に受けたときなのに。酔うためだけに飲む酒は大してうまくなかったのに。

おきょうの祟りを信じれば、きっと酒はやめられる。だが、酒の代わりになるものが果たして残っているだろうか。

「おれが寄席に戻ったところで、客は喜ばねぇでしょう」

客が強く望んでいれば、席亭だって放っておくまい。声がかからないということは、飽きられたということだ。

情けない声で弱音を吐くと、幹之助が目尻を下げる。

「心配しなくても大丈夫ですよ。うちの定吉だって春家喜多八は面白いと言っていたじゃありませんか」

そういえば、千隆寺に行く前に会った小僧にほめられたっけ。喜多八は照れ笑いを浮かべて手を振った。

「子供の言うことは当てにならねぇ」

「とんでもない。口の悪い定吉がほめるなんてよっぽどです。春家喜多八が寄席に出るなら、あたしも聴きに行きますよ」

この言葉がその場しのぎのお世辞であったとしても――お稲荷様のお遣いを喜多八は信じることにした。


ひと月後、春家喜多八は寿亭の高座に上がり、酒を断つための悪戦苦闘を面白おかしく客に聴かせた。客はみな身に覚えがあるらしく大笑いしたという。

そして十月になってすぐ、駿河屋吉左衛門が七福を訪れた。

「転んでもタダでは起きないとはこのことだね。噺のサゲであいつが『ああ、酒が飲みたい』と恨めしそうな顔をすると、客は腹を抱えて笑うんです。寿亭は大入り満員、席亭も笑いが止まらないようですよ」

上機嫌の来客に幹之助も笑顔でうなずく。春家喜多八の「酒が怖い」という噺には、千隆寺も七福も出てこない。代わりに「とある寺」と「とある酒屋」は出てくるが。

「あたしも小僧を連れて噺を聴きに行きました。喜多八さんの本音が伝わり、客の笑いを誘うんでしょう。ところで、まだ酒は飲んでいませんか」

「もちろんです。死ぬほど酒が飲みたくても、怖くて飲めない——それが春家喜多八の売りですからね」

吉左衛門はそう言ってから、居住まいを正して頭を下げた。

「若旦那には本当にお世話になりました。あいつを噺家に戻してくだすって、心から感謝しております」

「こんな若造に頭を下げないでくださいまし。あたしは本人に頼まれて、酒の相談に乗っただけです」

狐顔の若旦那に謙遜されて、吉左衛門は「いやいや」と手を振った。

「人より才があっても、酒や女で潰れる芸人はたくさんいる。喜多八が立ち直ってくれてよかったですよ」

人前で話す芸人は、他人の気持ちや顔色を読む。

しかし、それに振り回されて己を見失うべきではない。喜多八は周りの目を恐れるあまり、酒に溺（おぼ）れてしまったのだ。

「たとえでたらめでも、いやでたらめだからこそ、本当のことが入っていないと人は納得しない。噺家ってのも案外難しい稼業だねぇ」

吉左衛門はひとりごちてから、思い出したように手を打った。

「恋助師匠も席亭も若旦那によろしく言っておりました。それにしても、酒飲みに祟る幽霊なんて思いきった嘘をついたものだ」

「おや、嘘だと思いますか」

なぜか幹之助は驚いたような顔をする。ずいぶん念の入ったことだと、吉左衛門は苦笑した。

「すべて丸く収まったんだ。この期（ご）に及んで、あたしにまで嘘をつかなくてもいいでしょう」

女子供ならいざ知らず、大の男が霊や祟りを信じるものか。喜多八は自（みずか）ら「じいさんの霊が憑いている」などと言った手前、「嘘だ」と言うこともできなくて次第にその気になったのだろう。

ところが、幹之助は「とんでもない」とかぶりを振る。

「あたしはともかく、千隆寺の和尚様は仏に仕（つか）えるお方です。軽々しく嘘をついたりいたしません」

「……では、本当に」

「おきょうという娘が酒好きの父親のせいで女郎となり、酔った客の手にかかったのは本当です。おきょうと父親の墓が離れて建っているのも」

静かな声で続けられ、吉左衛門は息を呑む。しばらく二の句が継げずにいたら、幹之助が微笑（ほほえ）んだ。

「何でしたら、駿河屋さんも試されてみてはいかがですか。酒を飲みすぎると、茶の味がわからなくなりますよ」

五杯目　後始末

一

新鳥越町にある居酒屋「こまどり」は、いつも暮れ六ツ（午後六時）前から騒がしい。みな酒を飲み始めたばかりなのに大声で注文を連呼する。

毎度のこととは言いながら、ほんとにくたびれる話だよ。

この店の女主人、お駒は盛大に顔をしかめた。

「あたしゃ、歳のわりに耳は聞こえるほうなんだ。広小路の客引きじゃあるまいし、もちっと静かにできないのかい」

「てやんでぇ。黙っていたら何も出てこねぇじゃねぇか」

「肴だって器によそうだけだろう。早く持ってきてくれよ」

すかさずお駒に言い返すのは、三日に一度はやってくる棒手振りの魚屋と下駄職人の見習いだ。二人とも二十歳にならないはずで、揃って口を尖らせている。

若いあんたたちにはわからないかもしれないけどね。歳を取ると、すばやく動けなくなるんだよ。

孫のような歳の相手に心の中で文句を言う。

二十年前に板前の亭主を亡くして以来、お駒はひとりで形見とも言うべきこの居酒屋を守ってきた。

最初は他人を使うことも考えたが、口入屋はろくな手伝いを寄越さない。何人か試した末に、「役立たずに給金をやるくらいなら、いないほうがまし」と腹をくくった。

とはいえ、注文取りからお運び、勘定の受け取りまでひとりでやるのは骨が折れる。板場に居続けることができないため、酒の肴は作っておける煮物や漬物ばかりである。それでも、店の常連は幸い離れていかなかった。

ひとりで生きていくために毎日忙しく働いて……気が付けば、「ばあさん」になっていた。そして年を追うごとに身体はますます衰える。

神無月に入ってから朝晩の冷え込みが厳しくて、齢六十一の年寄りは腰や膝が痛むんだ。昨日から背中がぞくぞくするし、今日は頭だって痛いんだから。

口には出せない弱音を呑み込み、お駒は二人をじろりと睨む。

「文句があるなら、来なけりゃいいだろ。あたしは吉原の女郎と違う。あんたたちにまた来てくれと頼んだ覚えはないけどね」

客商売にあるまじき言い草だが、お駒には倅どころか甥や姪さえもいない。

老い先だって短いし、いつ店をたたんでも構わない。いっそ客が来なくなれば、こっちだって踏ん切りがつく。

ひそかな覚悟が伝わったのか、にわかに店内が静かになる。そのとき、苛立ちもあらわな声が響いた。

「死にぞこないの年寄りがえらそうな口を利くんじゃねぇっ。文句を言ってる暇があるなら、とっとと酒を持ってきな」

声の主はと目を向ければ、袢纏着の若い男が片膝を立てて座っている。いくらも飲んでいないのに早くも酔っているようだ。

よく日に焼けたその顔に見覚えはないけれど、隣にいるのはちょくちょく見かける冴えない納豆売りである。喧嘩っ早い連れの袖をうろたえた様子で引っ張っている。

若い者に負けず劣らず、年寄りだって気は短い。お駒は胸の前で腕を組み、袢纏着の男を見下ろした。

「そう言うあんたは『植松』さんところの新入りかい？　あそこにしてはめずらしく出来の悪いのが入ったもんだ」

紺の袢纏の屋号に目をやり、これ見よがしにせせら笑う。

植松は同じ町内にある名の通った植木屋だ。

庭木の手入れを頼むのは武家や寺社、もしくは大店ばかりのため、植木職人に限っては腕がいいだけでは務まらない。礼儀や口の利き方を厳しく仕込まれるものである。

「礼儀知らずのあんたのせいで、三代続いた植木屋の評判が堕ちなけりゃいいけどね」

嫌みたらしく言い返されて、男はすかさず立ち上がった。

「何だと、くそばばあっ」

「ばばあのどこが悪いんだい。人も植木も手入れ次第で長生きする。それが植松の親方の口癖だろう。他人より長く生きたあたしによくもえらそうな口を叩けたね。親方の知り合いに喧嘩を売るなら、袢纏を脱いでからにしな」

常日頃、親方からさんざん聞かされているのだろう。覚えのある言葉を耳にして袢纏着の男が怯む。

しかし、今さら引くに引けないのか、「てやんでぇ」と唾を飛ばした。

「口から出まかせもたいがいにしな。うちの親方ほどのお人がこんな小汚ぇ店に来るもんか」

儲(もう)かっている植木屋の主人は値の張る料理屋に行くだろう。ろくな肴のない騒がしい居酒屋に足を向けるはずがない。

だが、誰にだって懐(ふところ)がさびしい半人前の時期はある。お駒は目の周(まわ)りのしわをよりいっそう深くした。

「二十五年前は来たんだよ。あんたの親方が吉原に通(かよ)い始めた頃、いろいろ教えてやったもんさ」

この店は場所柄、吉原の行き帰りに立ち寄っていく男が多い。勢い亭主がいたときから安女郎の話で持ちきりだった。

錦絵(にしきえ)に描かれる花魁(おいらん)の噂(うわさ)は江戸のどこでも耳に入る。しかし、貧乏人の手が届く小見世(こみせ)や河岸(かし)見世の評判はなかなか世間に伝わらない。何かと不慣れな連中はここで噂を仕入れた上で女郎買いに出かけるのだ。

吉原の夜見世は暮れ六ツから始まる。「こまどり」が日暮れ前から男たちで混み合うのはそのためだ。ちなみに五ツ（午後八時）を過ぎると、女郎に振られた連中が肩を落としてやってくる。

「大門(おおもん)の中で慣れない様子を見せたら最後、いいようにあしらわれるからね。親方は若いときからしっかりしていて、『おかみさんのおかげでいい思いができました』と後から饅頭を持ってきたっけ」

金で身を売る女郎といっても、その心根はそれぞれだ。とことん客を食い物にする血も涙もない女もいれば、情の深い女もいる。客がてんで勝手に語る自慢話や泣き言を聞くともなしに聞くうちに、お駒は買いもしないのに女郎について詳しくなった。

だから、性悪女郎の名が出ると、つい聞き耳を立ててしまう。骨までしゃぶられるとわかっていて、見て見ぬふりは性に合わない。横から余計なことを言い、殴られかけたこともあった。

ここ数年は寄る年波でお節介を控えているが、「おかみさんのおかげで助かった」と感謝する客は大勢いる。

「嘘だと思うんなら、親方にあたしのことを聞いてごらん。義理堅いあの人のことだ。知らないなんて言わないだろう」

勝ち誇って顎をそらせば、袢纏着の男が歯ぎしりする。そのまま足音も荒く出ていったので、連れの納豆売りに手を差し出す。

「毎度どうも。二人合わせて六十文だよ」

勘定をすませた納豆売りがあたふたと出ていくと、店内はまた騒がしくなった。

「まさか植松の親方までばあさんの世話になっていたとは思わなかった」

「新鳥越町に住んでいて、ここを知らねぇはずはねぇって。さっきの男だって吉原の噂を拾いにきたんじゃねぇのかい」

「だったら、ばあさんに喧嘩を売らなきゃいいのになぁ」

面白がっている客をよそにお駒は酒や肴を運ぶ。頭の中を占めているのは、たった今出ていった袢纏着の男のことだ。

ああいう短気な男ほど手玉に取られやすいからね。怒った勢いで吉原に行き、しおらしいふりの性悪に引っかからなきゃいいけれど。

お駒は頭の痛みも忘れ、ため息混じりに呟いた。

「納豆売りは頼りにならないし、大丈夫かねぇ」

「何だよ。てめぇで追い出しといて心配してんのか」

耳ざとい客が独り言に気付き、からかうような声を上げる。お駒は黙ってそっぽを向いた。

つい親方を引き合いに出したものの、虎の威を借るやり方は本来自分の嫌うところだ。腹の中で反省したとき、客のひとりが手を打った。

「そこまで気にするってこたぁ、植木屋の見習いが生き別れの倅に似てたんだろう。そうだ、そうに違いねぇ」

したり顔で言う常連は四十を過ぎて湯屋の下働きをしている。元はいっぱしの包丁研ぎだったのに、吉原通いで身を持ち崩した。

「余計なことを言いなさんな」

お駒が思わず舌打ちすると、元包丁研ぎはにやりと笑う。

「今さら隠さなくたっていいじゃねぇか。この界隈じゃ知られた話だ。ばあさんが店を続けているのは、いつか倅が帰ってくると信じているからだってな」

そんな話になっているとは、こっちはついぞ知らなかった。お駒が呆気に取られた隙に若い客が身を乗り出す。

「そいつは初耳だぜ。ばあさんには倅がいたのかい」

「ああ、物心がつかないうちに生き別れになった倅がいるのさ。還暦のばあさんが養子も取らずに踏ん張っているのは、いつか倅が帰ったときに揉めないための用心よ。何かにつけて小言を言うのも、客を我が子の代わりと思えばこそだ」

「へえ、口うるさい年寄りだと思っていたら、そんな事情があったのかい」

「そうだ。ばあさんの小言はありがたく聞いておけ。でないと、おれみてぇにな
っちまうぞ」
かつてさんざん説教をくらった男は目を眇めて自嘲する。お駒は聞いていら
れなくなり、そそくさと板場に引っ込んだ。
酔った勢いでついた嘘が二十年経っても祟るなんて。再び痛み出したこめかみ
を揉み、大きな息を吐き出した。
子を亡くした母親は「死んだ子の歳を数える」という。我が子のいない女は他
人の子を見るたびに、「あたしだって二十歳で産んでいれば、あのくらいの子が
いた」とひそかに思ったりするものだ。
せっかく女に生まれながら、お駒は子を産んだことがない。子ができなくて喜
ばれるのは、金で身を売る女だけだ。やさしい亭主は「おまえがいれば十分だ」
と言ってくれたが、本当は子が欲しかったろう。
その亭主もいなくなり……お駒はひとり残された。
忙しく働いている間はいいが、店を閉めればさびしくなる。せめて子供がいて
くれたらと、詮ないことを思ってしまう。
そして、いつの間にか連れのいない若い客に声をかけ、暖簾を下げてから共に

酒を飲むようになった。

仕事がつらい、女に振られた、親とうまくいっていない――若い男の悩みなんていつも似たりよったりだ。酒の酔いも手伝って、お駒は客に小言を言った。

――一度のしくじりでいつまでいじけているつもりだい。あんたはまだ若いんだから、出直せばいいじゃないか。

――女郎に騙されたからって、女をすべて嫌うこたぁないだろう。あんたのおっかさんだって女の端くれだよ。

中には怒りだす客もいたけれど、多くはおとなしく聞いていた。飲んでいる酒がお駒のおごりだからだろう。

ある晩、いつもの調子で小言を言えば、「子もいねぇのに母親ぶるな」と言い返された。その言い草が癇に障り、お駒はつい口が滑った。

――あたしには生き別れになった倅がいるんだ。我が子に何もしてやれない分、あんたに余計なことを言うんじゃないか。

すると相手は目を瞠り、情けない顔で謝った。それから話が変わったので、お駒は自分のついた嘘をきれいさっぱり忘れていたのに。

――生き別れの倅を捜しているんだってな。おれでよければ力を貸すぜ。

亭主が死んで半年後、六平太という下っ引きが「こまどり」にやってきた。慌ててどういうことかと聞けば、酔いにまかせてついた嘘が知らぬ間に広まっていたらしい。

とっさに二の句が継げずにいたら、若い下っ引きは胸を叩いた。

——おかみさんが飲みながら諭してくれるおかげで、この辺じゃ悪党の手先に成り下がる若い連中が減ってんだ。きっと見つけ出してやるから、今戸の親分の一の子分に倅の手がかりを話してくれ。

そんなふうに言われたら、本当のことを告げられない。えらそうに説教をしておきながら、嘘をついていたなんて。

心の中で手を合わせつつ、お駒はさらに嘘を重ねた。

——神社の境内で見失ったのは四つのとき。生きていれば今年十五で、名前は吾作。左手の甲に大きな黒子があるんだな。

口から出まかせの手がかりを元に、六平太は捕物の合間にせっせと捜してくれたようだ。とはいえ、最初からこの世にいない者を見つけ出せるはずがない。お駒は申し訳なくて、店を閉めてから客と飲むのをやめたのだ。

あれから二十年、下っ引きだった六平太も親分と呼ばれる身になった。今でもばったり出くわすと、気まずそうな顔をする。お駒はそのたびに挨拶だけして、逃げるように立ち去っていた。

この世に未練なんかないんだから、さっさとお迎えが来ないかねぇ。早くあの世に逝って、うちの亭主に会いたいよ。

そういえば、向かいにできた仕立屋は死装束のみ仕立てるという。人づてに聞いたところによると、高徳の僧が祈禱した特別な生地を使うため、それを着た仏は極楽往生間違いなしとか。

ただし、目の玉が飛び出るほど値が張るそうで、客の出入りはほとんどなかった。「地獄の沙汰も金次第」と言うけれど、近頃は極楽に行くのも金次第らしい。

ああ嫌だと思ったとき、「おぉい、お代わり」と呑気な客の声がした。

二

年寄りは朝が早いというが、お駒が起きるのは朝五ツ半（午前九時）過ぎである。

店を閉めるのが夜四ツ（午後十時）近く、それから片づけや帳面づけをしていると、布団に入るのは九ツ（午前零時）前だ。日の出とともに働くなんて、とてもじゃないができやしない。

吉原の女郎だって客を見送ってから二度寝をする。ひとり暮らしの年寄りが寝坊をしたって構やしないさ。

十月十八日の朝、お駒は布団にくるまって浅草寺の鐘の音を聞いていた。今五ツ（午前八時）ということは、あと半刻（約一時間）は寝ていられる。うつらうつらしていたら表戸を叩く音がした。

「おかみさん、開けてくだせぇ」

聞き覚えのない男の声にお駒はたちまち不機嫌になる。見ず知らずの他人のために布団から出る義理はない。

しかし、傍迷惑な相手はひたすら戸を叩き続ける。知らん顔もできなくなって、お駒は寝たまま声を上げた。

「どこの誰だか知らないが、うちは居酒屋なんだ。七ツ（午後四時）になってから出直しとくれ」

朝早いとは言えなくても、閉まっている店の戸を何度も叩くのは失礼だろう。当たり前のことを言ったのに、男はなおも言い募る。

「おれは客じゃありやせん。おかみさんに折り入って話があるんです。どうか戸を開けてくだせぇ」

切羽詰まった男の声にお駒はしぶしぶ起き上がる。着替えをして戸を開けると、取り立てて目立つところのない平凡な男が立っていた。

背は高からず低からず、太ってても痩せてもいない。顔のつくりもありがちで、唯一目を惹くところと言えば、鬢に白いものがわずかに交ざっているくらいだ。肌の色つやは若々しいけど、三十半ばってところかね。まったく、いい歳をして礼儀を知らない男だよ。

腹の中でひとりごちながら、お駒は顔をしかめて聞く。

「あんた、いったい何者だい。あたしに何の用があるのさ」

つっけんどんに言い放っても、相手はすぐに答えない。無言でじっと見つめられ、お駒はますます苛立った。

「用がないなら、帰っとくれ。年寄りだと思って見くびるんじゃないよ」

言いざま、立てかけてあった心張棒に枯れ枝のごとき腕を伸ばす。それを見た男が弾かれたように頭を下げた。

「す、すいやせん。ようやっとおっかさんの顔を見られたと思ったら、すぐに言葉が出てこなくて」

「何だって」

「おっかさん、おれが倅の吾作です。今日からここに置いてくだせぇ」

初対面の男は真面目(まじめ)な顔であり得ないことを言う。

お駒は驚きのあまり目を剝(む)いた。

「馬鹿なことを言うんじゃないよ。そんなはずあるもんか」

「突然のことで信じられないのも無理はねぇ。けど、おれは確かにおっかさんが
腹を痛めた倅なんです」

相手は縋(すが)るような目つきをして店の中に一歩踏み出す。お駒は知らず後ずさ
り、心張棒を握り締めた。

世間の噂を真(ま)に受けて倅を騙(かた)って乗り込むなんて。

老い先短い自分の死を待ち、この店を手に入れるつもりだろうか。もし本当に
行(ゆ)き方(がた)知れずの子がいたら、目の前の嘘つきをきっと信じてしまったろう。

だけど、おあいにくさま。あたしはこの世に生まれてこっち、腹痛(はらいた)以外で腹を
痛めたことはないんだよ。

心の中で舌を出し、どうやって追い返そうかと思ったとき、

「今戸の六平太親分がおれを見つけてくれたんです。おれが信じられねぇのなら、親分に聞いてみてくだせぇ」

さらに思いがけない言葉が続き、見えない汗が一気に噴き出す。六平太がからんでいるのなら、うかつに本当のことは言えない。

恐る恐る話を聞けば、育ての親は死んでいて、六平太とは十日前に知り合ったそうだ。

「おれは今まで新八を名乗り、一膳飯屋で板前の真似事をしていたんです。たまたま親分が御用の筋で立ち寄ったとき、身の上を詳しく聞かれやして」

己の歳に加えて「神社の境内で育ての親に拾われた」と伝えたところ、六平太の目の色がにわかに変わった。そしていきなり左手を取られ、「間違いねぇ。おめぇは吾作だ」と叫ばれたという。

「おっかさんの倅には、左手の甲に目立つ黒子があったんでしょう。親分からそう言われやした」

目の前に差し出された左手の甲には、なるほど目立つ黒子がある。

お駒に生き別れの倅がいるというのは、知る人ぞ知る話だった。目印は左手の甲にある黒子だということも。

黒子を消すことはできないが、新たに入れることはできる。この男は女郎と同じように痛い思いをしたらしい。

「今までできなかった分、これから親孝行しやす。どうかおれをおっかさんのそばに置いてやってくだせぇ」

言いきった相手の顔をお駒は穴が開くほど見つめた。

自分のついた真っ赤な嘘にそっくり当てはまる男がたまたまいた——なんて信じるほどおめでたくはない。

しかし、この店は立地こそいいものの、地べたはあくまで借り物だ。こんな手の込んだ真似をして騙し取る値打ちがあるだろうか。

じっと考え込んでいたら、「おっかさん」と呼ばれて我に返る。

「あ、ああ、ごめんよ。あんまりびっくりしたもんだから」

「そうですよね。おれだって正直ぴんとこねぇ。物心がつく前に、おっかさんと別れちまったから」

息子のにせものはかぶりを振って、困ったような顔をする。そのもっともらしい言い草がひどくお駒の気に障った。

何が狙（ねら）いか知らないが、年寄りと見てなめんじゃないよ。こうなりゃあたしが身体を張って化けの皮をはがしてやる。

身知らぬ男を泊めるのだって、商売柄慣れている。悪党の手にかかったところで、そのときはそのときだ。早く死にたい年寄りに怖いものなどあるものか。

お駒は吾作を名乗る男に出会って初めて笑顔を向けた。

「これから二人で暮らしていれば、きっと心も通じ合うさ。あたしたちは血のつながった親子なんだもの」

我ながらしらじらしいと思ったが、相手は神妙な顔でうなずいた。

お駒の倅が帰ってきた――店に立ち寄った魚屋によって、その話は昼前に町内中に広まった。

物見高い連中がさっそく店に押しかけてくる。寄ってたかって今までのことを聞かれても、にせの息子は動じなかった。

「それじゃ千住で育ったのかい」

「へえ、育ての親が小間物の行商をしておりまして」

「江戸にはいつ出てきたのさ」

「今年の春でさ」

よどみなく答えるにせものに、お駒はそっと舌打ちする。

こういう真面目そうなやつに限って腹の中は真っ黒なんだ。女郎だって一見しおらしい女ほど客に容赦がないっていうじゃないか。

お駒は気を引き締めて、にせものの動きに目を光らせた。

一方、酒を飲みに来た客たちは「跡継ぎ息子」に目を輝かす。中には素性を怪しむ者もいたが、愛想のいいにせものにすぐさま懐柔されてしまった。

「それにしてもよかったなぁ。実の倅が見つかって」

「しかも、板前をしていたっていうじゃねぇか。やっぱり血は争えねぇな」

「よく見りゃ、ばあさんと面差しが似てらぁ」

十一月四日の暮れ六ツ前、今夜も「こまどり」は騒がしい。お駒は客のやりとりを苦々しい思いで聞いていた。

あのどこにでもありそうなのっぺり面と、あたしのどこが似てるんだい。今でこそ水気が抜けてたくあんみたいになっちまったが、昔は近所の男たちが残らずあたしに言い寄ったもんさ。

吾作を名乗る男と暮らし始め、十五日が過ぎた。

二六時中お駒と一緒にいるのに、敵はしっぽを摑ませない。いつもこっちの機嫌をうかがい、早くも「町内一の孝行息子」と言われている。

「これではばあさんも心置きなくあの世に逝けるに違いねぇ」

「いや、憎まれっ子世にはばかるっていうからな。お迎えはまだ先だろうさ」

何も知らない客たちは面白がってお駒をからかう。言い返そうと思ったとき、板場からにせものが現れた。

「憎まれっ子はともかく、おっかさんには長生きをしてもらわねぇと困りやす。おれはこれから親孝行するんですから」

笑顔で差し出す皿の上には、味噌の香りも香ばしい田楽が載っている。客たちは手を打って喜んだ。

「これだよ、これ。やっぱり居酒屋には焼き物がなくっちゃなぁ」

「ばあさんの煮物より、こっちのほうがはるかにうめぇ」

客の言い草は気にくわないが、にせものの料理の腕はほんものだ。「板前の真似事をしていた」というのは、口から出まかせではないらしい。お駒はますます不機嫌になり、「そりゃ悪かったね」と吐き捨てた。

本当に何が狙いで転がり込んできたんだろう。にせものは店の手伝いばかりか、あらゆることに進んで手を貸す。

重いものを運ぶのはもちろん、高いところの拭(ふ)き掃除(そうじ)やちょっとした大工仕事まで二つ返事で引き受ける。お駒のこしらえる煮物を毎日ありがたがって食べ、金をちょろまかすこともない。

下心(したごころ)があるからだとわかっていても、うっかりほだされそうになる。知らず眉(まゆ)をひそめたとき、にせものが客に話を振った。

「そういや、聞きましたか。一昨日(おとつい)の晩、また月影(つきかげ)一味が出たって話」

「ああ、そうらしいな。浄才寺(じょうさいじ)の御本尊(ごほんぞん)が盗まれたらしい。罰当(ばちあ)たりな悪党もいたもんだ」

客のひとりがそう言うと、まったくだと周りもうなずく。お駒も釣(つ)られて顎を引いた。

月影一味は寺に忍び込んでは仏像を盗み出す悪党で、秋頃からその名を知られるようになった。町方(まちかた)が行方(ゆくえ)を追っているが、寺社は寺社奉行の差配(さはい)のため、探索が難航していると聞く。

「どうせなら寺から金を盗み、貧乏人に施(ほどこ)してくれりゃあいいものを」

「おれは浄才寺に青物(あおもの)を届けているんだが、盗人は五人いたと小坊主のひとりが言っていたぜ」

行商の青物売りが得意そうに鼻をこする。にせものはいつになく驚いたような顔をした。

「そりゃ、本当ですかい」

「ああ。小便に起きたとき、五つの人影を見たんだと」

「それを町方役人には」

「言ってねぇんじゃねぇかなぁ。下手なことを言うと和尚さんに怒られるって、怖がっているからよ」

「その小坊主は他に何か」

「ちょいと、いつまで無駄話をしてんのさ。他の客が待ってんだ。あんたはさっさと板場に戻りな」

長引きそうな気配を感じ、お駒は横から割って入る。客と話し込むなんて、にせものにしてはめずらしい。

そんなに月影一味が気になるかねぇ。寺に忍び込む盗人なんて、あたしら貧乏人にはまるで関わりないじゃないか。

酒の入ったチロリを運びながら、お駒は内心首を傾げる。

そして、ハッと気が付いた。

にせものは店が終わってから毎晩のように出かけている。あとをつけることもできず、どこへ行くのかと思っていたが……。

吾作を名乗るにせの息子は月影一味だったのか。

小坊主に見られたことを知って、不安になったに違いない。

浅草には寺がたくさんあるし、浄才寺だってここから小半刻（約三十分）もからない。己の素性を隠してこの店で暮らすために、わざわざ入れ黒子までして息子になりすましたのだ。

目に見える証拠はないものの、そう考えればつじつまが合う。

お駒は内心震え上がった。

悪党だろうと思っていたが、まさか名のある盗賊の一味とは。

このことが表沙汰になれば、六平太の顔は丸潰れだ。下手をすれば、十手返上もあり得るだろう。

あたしのついた嘘のせいでさんざん無駄足を踏ませちまった。これ以上親分に迷惑をかけることはできないよ。

ならば、これからどうするか。お駒は思案に暮れつつも、客からもらう勘定だけは一文だって間違えなかった。

三

「今を去ること二十年前、お駒さんは六平太親分に『生き別れの息子がいる』と嘘をついた。そしてひと月前、この世にいるはずもない息子を名乗る男が現れた。その怪しい男の正体は、江戸中を騒がせている月影一味のひとりに違いない――と言うんですね」

十一月十八日の四ツ半（午前十一時）過ぎ、お駒は酒屋七福の母屋（おもや）で若旦那（わかだんな）の幹之助と向かい合って座っていた。

「それで、どうしてうちの店に来たんです。あたしが乗るのは酒の相談に限ります。悪党絡（がら）みの相談はどうぞ番屋（ばんや）でしてください」

「あたしゃ、あんたが赤ん坊の頃から知ってんだ。七福さんとは長い付き合いだし、助（す）けてくれてもいいじゃないか」

お駒は狐顔（きつねがお）の若旦那に「この通り」と手を合わせる。あれこれ考えを重ねた末に、他に相談できる人が思い浮かばなかったのだ。

浄才寺から仏像を盗んだあと、月影一味はなりをひそめている。

だが、いつ別の寺が狙われるかわからない上、連中が罪を重ねるほど、六平太の立場が危うくなる。

「亭主はとうに死んじまって、親類縁者は誰もいない。六平太親分にも相談できないし、若旦那しか頼れるお人がいないんだ」

「お駒さんの考えが当たっていれば、一刻も早く今戸の親分に事情を話すべきでしょう。もし他の親分の手で月影一味を捕らえられたら、ますます困ったことになります」

それができたら恥を忍んでここまで相談に来るものか。ものわかりの悪い若旦那に恨みがましい目を向ける。

「二十年も嘘をついていたなんて、今さら親分に言えやしないよ」

「ですが、それを白状しないことには話が先に進みません。にせものの左手の甲には動かぬ証があるんですから」

「だからさ、あいつがどこで入れ黒子をしたのか突き止めれば」

「親分の手を借りずに、誰がどうやって突き止めるんです。言っときますが、あたしは相談に乗るだけです。十手持ちの真似事はごめんですよ」

思わず身を乗り出すと、すかさず幹之助がかぶりを振る。いい思案だと思ったのにと、お駒は頰をふくらませた。

「そんな顔をしますけど、にせものがお縄になればたぶん死罪です。お駒さんはそれでもいいんですか」

月影一味は盗人だが、人を殺めてはいない。「死罪はないだろう」と手を振れば、幹之助がため息をつく。

「あたしが聞いた噂では、連中はすでに五体の仏像を盗んでいます。仮にも寺の御本尊が安物だとは思えません。遠島ではすまないでしょう」

十両盗めば首が飛ぶ——天下の定法を思い出し、お駒はにわかに凍りついた。

「でも、見逃すわけにもいきません。このまま姿をくらまされたら、浅草界隈を縄張りとする今戸の親分の立場がない」

まさにあちらを立てれば、こちらが立たず。いよいよ悩ましい立場に立たされて、お駒は唸り声を上げた。

「そもそも酒がいけないんだ」

「何ですって」

「二十年前、あたしは酔った勢いで『生き別れの倅がいる』と客に嘘をついたのさ。それが巡り巡って親分の耳に入り、嘘を重ねちまったんだ」

「だから、あたしに何とかしろって言うんですか。二十年前と言ったら、まだ赤ん坊ですよ」

狐顔の若旦那は呆れたように眉を上げる。

お駒はなりふり構わず縋りついた。

「たとえ生まれる前の話だって、酒の悩みなら解決するのが筋だろう。七福の暖簾にかけて何とかしておくれ」

「無理を言わないでください。いくら酒の悩みでも、今度ばかりは手に負えません」

まっとうな相手の言い分にお駒の手から力が抜ける。

もしも二十年前に戻れるならば、あんなくだらない嘘はつかない。

そうすれば、親分が悪党に騙されることもなかったし、その悪党に情が移ることもなかったのだ。

六十を過ぎてこんな思いをするのなら、亭主と一緒に死んどきゃよかった。涙ぐみそうになったとき、幹之助が咳払いする。

「ところで、にせものは本当に月影一味なんですか」

「えっ」

「浄才寺のことを客に聞いた、仏像が盗まれた晩も出かけていたというだけで、決めつけるのは乱暴でしょう」

「月影一味じゃないのなら、どうして倅のふりをするのさ」

「そんなの、あたしだってわかりませんよ。本人に聞いてみてください」

お駒は一瞬ぽかんとしてから、「馬鹿なことを言いなさんな」と鼻を鳴らした。

たとえ月影一味でなくたって、素性を偽っているのは確かなのだ。面と向かって尋ねたところで正直に答えるはずもない。

だが、幹之助は引かなかった。

「素直に白状しないときは、酒を飲ませてごらんなさい」

「何だって」

「人は酔うと気が緩み、うっかり口が滑るものです。親子で酒を飲もうと言えば、向こうも嫌とは言いますまい」

さもいい思案だと言いたげに幹之助は胸を張る。しかし、お駒は気が進まない。いっぱしの悪党が酔ってしっぽを出すものか。

すると、こちらの心を見透かすように狐顔に睨まれた。

「だったら、他に手がありますか」

「それは……」

「お駒さんだって何十年も居酒屋のおかみをしてきたんです。酒を勧めるのはお手のものでしょう」

「……酔って口を割らせるつもりが、逆になったらどうするのさ」

昔はそれなりに飲めたけれど、年老いてめっきり弱くなった。おまけに自分は二十年前、酔って嘘をついている。

今度も酔った勢いで余計なことを言うかもしれない。悔しまぎれに言い返せば、幹之助が肩をすくめる。

「そのときはそのときです。にせものが月影一味だったとしても、命は取られないと思いますよ」

「ふん、他人事だと思って簡単に言ってくれるじゃないか」

「ええ、他人事ですから」

にっこり笑ってうなずかれ、お駒は二の句が継げなかった。

「酒で始まった話なら、酒で終わらせるのが筋でしょう。何より、お駒さんが蒔いた種です。自らの手で後始末をしてください」

昔はかわいかったのに、すっかり生意気になっちまって。本当に癪に障るったら、ありゃしない。

得意顔の若旦那にお駒は胸の内で舌を出した。

孫のような相手の言いなりになるのは業腹(ごうはら)だが、このまま知らん顔もしていられない。お駒はとうとう覚悟を決めて、にせものに声をかけた。

「今夜は二人で飲まないかい」

十一月二十日の晩、すでに暖簾は下ろしてある。一升徳利(いっしょうどっくり)を差し出すと、にせものは困った顔をした。

「申し訳ねぇが、おれはちょっと」

「今夜もこれから出かけるのかい？　毎晩、どこに行ってるのさ」

あと半刻もすれば、九ツの鐘が鳴る。軽い調子で尋ねると、相手は目を泳がせた。

「それは、その……」

「野暮(やぼ)なことは言いたくないが、あんただっていい歳だ。もしいい人がいるのなら、会ってみたいもんだねぇ」

本当は月影一味の仲間と会い、次に狙う寺の相談をするのだろう。浄才寺の仏像が盗まれてから十八日、今日明日にも別の寺に忍び込むかもしれなかった。もはや手遅れだとしても、これ以上の罪を重ねてほしくない。血はつながっていなくても、ひと月寝起きを共にして「おっかさん」と呼ばれたのだ。

わざとらしくからかえば、狙い通りに「そんなんじゃねぇ」と言い返される。お駒はすかさずにっこり笑う。

「だったら、今夜は付き合っとくれ。あたしは息子と飲むのが夢だったんだ。さっき火を落としたから、冷やになっちまうけど」

手っ取り早く酔わせるために、猪口の代わりに湯呑を渡す。にせものは観念したらしく、畳の上に腰を下ろした。

「さぁ、ぐっと空けておくれ」

笑顔のお駒に促され、にせものは湯呑の酒を干す。すかさずお代わりを注ごうとしたら、「おっかさんも飲んでくだせぇ」と言われてしまった。

「あたしはもう歳だから、あまり飲めないんだよ」

さては、あたしを酔い潰してから、馳せ参じるつもりだね。あいにくその手には乗らないよ。

腹の中で身構えて、もっともらしい断りを口にする。ところが、「そんなこたぁねぇでしょう」と言い返された。

「店の客がいけるクチだと言ってやした。それなのに、おれがここに来てから一滴も飲んじゃいねぇ。そろそろ酒が恋しいはずだ」

得体の知れない男の前で酒が飲めるはずもない。お駒は内心ひやりとしたが、

「おや、鋭いね」ととぼけてみせた。

「このところ風邪気味で、酒は控えていたんだよ。だから、あんたと酒を飲むのが遅くなっちまったのさ」

苦しい言い訳を口にして、お駒は湯吞に口をつける。緊張しながら飲む酒はあまり味がしなかった。

「そう言うあんたはどうなんだい。さっきの飲みっぷりからして、弱いってことはなさそうだけど」

「まぁ、人並みに」

本当に酒に強い男は自ら「強い」とは言わない。これはかなり手ごわそうだと、お駒はさらに身構える。それでも、笑顔は崩さなかった。

「頼もしいねぇ。うちの亭主は弱いくせに、酒癖が悪くてね。いつもはやさしい

人なのに、酒が入ると口汚くなるんだよ。酔った勢いで喧嘩をされて、あたしゃ何度心の臓が止まりかけたかわかりゃしない」

お駒は昔を振り返り、ふと恐ろしいことに気が付いた。

「あんた、酒癖はどうなんだい」

目論見通りに酔わせても、暴れられたら大変だ。こっちの不安が伝わったのか、にせものは右手で首をなでる。

「喧嘩は売らねぇと思いやす。くだらねぇ洒落を言って、笑うくれぇで」

「笑い上戸なら楽しくっていいじゃないか」

信じていいのかわからないが、ほんの少しほっとする。お駒は徳利を持ち上げて、にせものの湯吞に酒を注いだ。

「おっかさんは酔うとどうなるんです」

酒を一口飲んでからにせものが聞く。お駒は湯吞を高く掲げた。

「あたしは説教をするらしいよ。飲んでなくてもするけどね」

「ああ、なるほど」

「店の客から聞いてないかい？」

あの騒がしい連中が黙っているはずがない。思い付いて言葉を足せば、にせものが目をそらす。

「……聞きました。吾作さんの代わりにさんざん説教をされたって」

ばつが悪くなったのか、小声で答えて酒を飲む。そんなふうにしゃべるのは、元包丁研ぎだろう。

「説教をされたほうは面白くないかもしれないけどね。あたしは間違ったことを言ってはいないつもりだよ」

叱（しか）ってくれる人がいないから、人は身を持ち崩す。「こまどり」の常連で引き返せなくなったのは、元包丁研ぎを含む数人だけだ。

だからこそ、一度ついた嘘のツケがこんなに大きくなってしまった。うっかりため息をつきかけたとき、にせものの声が低くなる。

「それじゃ、今夜はおれに説教してくれやすか」

「えっ」

「おれの打ち明け話を聞けば、説教をしたくなると思いやす」

さては、素面（しらふ）で己の悪事を白状する気になったのか。

願ってもない成り行きに、お駒は一瞬息を呑む。「親子で飲もう」と誘われて、どうやら観念したらしい。

この人は芯から腐っていたわけじゃない。一緒に暮らしている間、あたしや客にすまないと思っていたんだね。

湯呑を持つ手に力がこもり、お駒は静かに息を吐く。ここでうっかり先走ったら、相手の覚悟がかえって揺らぐ。

「おや、あんたはどんな悪さをしたんだい」

「……お恥ずかしい話だが、おれは嘘をついてやした」

素知らぬ顔で促せば、何かをこらえるように顔を伏せる。お駒は相手を見つめたまま湯呑の酒をごくりと飲んだ。

「おれは十七で家を飛び出し、親の死に目にあえなかった」

なるほど、若気の至りで家を出て、悪の道へと落ちたのか。

にせものが育ったという千住は宿場町で、女郎屋がたくさんある。性悪女郎にひっかかったら、身を持ち崩すのはあっという間だ。

あたしのようなお節介がこの人のそばにもいてくれればねぇ。思えば、かわいそうな人生だよ。

うんうんとうなずきながら、お駒は再び酒を飲む。にせものはためらいがちに話し続けた。

「さんざん好き勝手をして十年ぶりに戻ってみれば、近所の連中が集まって母親の葬式をしていやした。どの面下げて帰ってきた、おっかさんは最期までおめぇのことを案じていたと隣の親父に殴られて」

では、それがきっかけで捨て鉢になり、月影一味に加わったのか。母親の死がよほどこたえたに違いない。

「父親はその前に死んでいて、おれはひとりになっちまった。『孝行のしたい時分に親はなし』とはよく言ったもんでさぁ」

その辺の事情はもういいから、早く大事なことをしゃべってほしい。進まない話に苛立って、お駒は自分で酒を注ぐ。

でも、ここで急かしちゃ駄目なんだ。あくまで相手の言いたいようにしゃべらせてあげないと。

己にそう言い聞かせ、注いだばかりの酒を飲む。一方、にせものは身の上話に忙しく、湯呑を持つ手は止まっていた。

「だから、今戸の親分からお駒さんのことを聞いて……死んだおっかさんの分まで親孝行をしようと思いやした」

この期に及んで、しらじらしいね。おためごかしはたくさんだよ。

往生際の悪い相手にお駒はさらに酒をあおる。

「だが、お駒さんと暮らすうちに騙しているのがつらくなって」

いよいよ話は佳境へ入っていくようだ。

お駒は酔いを感じつつ、もう一杯酒を飲む。

「……おれの正体をうすうす察していたんでしょう」

不安そうな声で尋ねられ、お駒はうなずいて酒を飲む。相手の胸の内を思ったら、返す言葉が見つからない。

「最初は何も感じなかった。仕事だから騙したって仕方がねぇと思ってた。けど、『これでばあさんも安心だ』と店の客に言われるたびに胸が痛んで」

安女郎を買うことしか頭にない連中だが、みな心根は悪くない。年老いた店主を案じていたのはお駒だって知っている。

あんたの話を聞けば聞くほど、こっちだってつらくなる。

前置きはもうやめにして、早く月影一味だと白状しな。

心の中で叱りつけ、危なっかしい手つきで酒を注ぐ。それをひと息に飲み干すと、にせものの眉間にしわが寄った。

「あの、もっとゆっくり飲んだほうが」

「うるしゃいねっ。にせもののぶんじゃいであらしにせっきょうしようらなんて、おこがましいってんら」

お駒は声を荒らげて目の前の顔を睨みつける。

久しぶりの酒は回りが早く、呂律(ろれつ)が怪しくなってしまった。「大丈夫かい」と手を伸ばされたが、とっさにその手を振り払う。

「あ、あんたの素性らんて、こっちははらからお見通しなんら」

「す、すいやせん」

「入れ黒子まれこしらえてさ。いっらい何を考えてんらか。死んらおっかさんが草葉の陰れ泣いてるよ」

「で、でもそれは」

「やかましいっ。男が言い訳するんじゃないよ」

頭がぐらぐらしたけれど、最後の力で怒鳴(どな)りつける。そして立とうとした瞬間、目の前が急に暗くなり、天地がひっくり返ってしまった。

このままぽっくりあの世へ逝けたら、にせものが死罪になるところをこの目で見なくてすむ。六平太親分だって、死んじまったら仕方がないとあたしを許してくれるだろう……。

最後にそんなことを思って目をつぶったはずなのに——お駒はいつもと同じように浅草寺の鐘の音に起こされた。

あたしが酔って倒れたあと、にせものは外に行ったのかね。かけた覚えのない布団だとしても、いつもだったらとうに戻っているはずだ。

胸騒ぎ（むなさわ）を覚えたとき、表戸を叩く音がした。

をはねのけ、周囲を見回したが姿はない。

「お駒さん、いつまで寝てるんだい」

二日酔いの頭に大きな音はことさら響く。顔をしかめて「うるさいよ」と叫んだら、すかさず怒鳴りかえされた。

「月影一味が捕まったぞ。向かいの仕立屋が賊のねじろだったんだと」

では、にせものが帰っていないのはそのせいか。

お駒はしばらく動けなかった。

四

「なあ、ばあさん。吾作さんはどうしていなくなったんだ」

にせの息子がいなくなり、今日で五日。

居酒屋「こまどり」に来る客は揃って同じことを聞く。お駒はいらいらと返事をした。

「知らないよ。勝手に出ていったんだから」

きっと今頃、大番屋の仮牢(かりろう)にいるのだろう。町方役人に責められて、痛い目を見ていなければいいが。

「ああ、吾作さんの作った田楽が食いてえな。ばあさんでもいいから、こしらえてくれよ」

「馬鹿なことを言いなさんな。そんな暇はないってわからないのかい」

店は今日も暮れ六ツ前からいつも以上に繁盛(はんじょう)している。

ここ何日か、客の目当ては女郎の噂話ではない。月影一味のねじろだった向かいの店を眺(なが)めては噂話に興じている。

お駒は忌々(いまいま)しげに吐き捨てた。

「死装束だけ仕立てるなんておかしいと思ったんだ。まったく、油断も隙もあったもんじゃない」

「よく考えたもんだよな。そう言っておけば、客の出入りが少なくてもおかしくねぇ。それに、坊主が出入りしても怪しまれないですむもんな」

この店に入り込んだのは、ねじろと押し込み先が近かったせいか。にせものはこっちの目を盗み、仕立屋に立ち寄っていたのだろう。

むかっ腹を立てていると、数人の客がしたり顔でうなずき合う。

「五人の賊のうち三人は頭を丸めていたらしい。坊主の恰好(かっこう)をしていれば、何食わぬ顔でどんな寺にも忍び込めらぁ」

「なるほど、坊主頭だから月影か」

「いや、それは違うだろう」

「何にしても、また今戸の親分の大手柄だ」

唯一の救いは、月影一味をお縄にしたのが六平太だったことである。一味の中に吾作を名乗る男を見つけてさぞびっくりしたに違いない。

客や近所の連中もいずれはにせものの正体を知る。そのときのことを考えると、今から頭が痛かった。

――それじゃ、今夜はおれに説教してくれやすか。

どうせならもっと早く説教してやりたかった。そうすれば、裏稼業(かぎょう)に身を落とし、お縄になることもなかったのに。

――お駒さんと暮らすうちに騙しているのがつらくなって。

悪党になりきることができないなら、さっさと足を洗えばよかったんだ。いい歳をして、己の向き不向きもわからないなんて。

客の相手をしながらも、お駒は心ここにあらずだった。特に店を閉めてからは、にせもののことばかり考えてしまう。

今戸の親分にお願いして、にせものに会わせてもらおうか。たったひと月でも「おっかさん」と呼ばれていたのだ。差し入れくらいしてやりたい。

そんなことを思っていたら、店を閉めたすぐあとに六平太がふらりとやってきた。

「お駒さん、いろいろすまなかったな」

月影一味とは知らないで、にせの息子を送り込んだことを謝っているらしい。お駒は首を横に振る。

「いいえ、あたしのほうこそすみませんでした。二十年前、生き別れの息子がいるなんて嘘をついたばっかりに」

酔って口が滑ったとはいえ、すぐに嘘だと伝えていれば、こんなことにはならなかった。お駒が深く頭を下げると、苦笑混じりの声がした。

「まったくだ。いつ白状してくれるかと待ち続けていたのによ」

まさかの返事を耳にして、頭を上げて目を見開く。

では、六平太は最初から嘘だとわかっていたというのか。

「仮にも下っ引きに嘘をついて、ばれないと思うほうがどうかしてるぜ」

流れ者ならいざ知らず、お駒は二十歳で嫁いできてからずっと同じ店にいる。近所の住人に尋ねて回り、身籠ったことはないとすぐにわかってしまったらしい。

お駒は恥ずかしさのあまり頭を抱えた。

それならそうと、もっと早く責めてくれればよかったのに。後ろめたく思っていたあたしが馬鹿みたいじゃないか。

自業自得とわかっていても、恨みがましい気持ちになる。だいたい嘘だと知っていたなら、どうしてにせものに騙されたのか。

言いたいことはいろいろあれど、なかなか言葉が出てこない。すると、六平太が気まずそうに身体をよじった。

「そんな目で見ねぇでくれよ。おれが嘘を見逃したのは、近所の連中に頼まれたからだ」

――ひとり暮らしがさびしくて、思わずついた嘘なんだ。本当のことがわかったら、店の客が面白がって囃し立てるに決まっている。お駒さんは居づらくなって、店をたたんじまうかもしれないよ。

元はといえば、お駒の説教に感謝して倅を捜す気になったのだ。店をたたまれたら元も子もない。そこで近所の者と相談の上、噂はこのまま、六平太は捜しているふりを続けることにしたという。

「騙されたのは癪だったが、あの頃のおれは若造だった。日頃説教をしている連中と歳の変わらない相手に向かって、筋金入りの意地っ張りが白状できるはずがねぇ。そう思って呑み込んだのさ」

一方、嘘がばれていないと信じるお駒は、六平太と出くわすたびにそそくさと逃げる。その後ろ姿を見送って、「そんなに後ろめたいなら、さっさと白状すればいいものを」とひそかに思っていたんだとか。

思いがけない打ち明け話に、お駒は口を半開きにして間抜け面をさらしていた。

亭主が生きていた頃から、自分は町内でも指折りのしっかり者だと思っていた。まさか周りに気遣われ、二十も年下の下っ引きに大目に見られていたなんて。

おまけに、店の客には小言を言い続けていたんだもの。穴があったら入りたいとはこのことだよ。

お駒が冷や汗をかいている間に、話は月影一味に移った。

「ここの向かいの仕立屋が怪しいと睨んだものの、扱うものがものだけに探り(さぐ)を入れるのが難しい。『こまどり』は見張り場所にうってつけだが、口の軽い客が多い。お駒さんに事情を話して万が一にも漏(も)れたら困る。どうしたもんかと思ったとき、二十年前につかれた嘘を思い出したのさ」

ちょうどいい具合に「子分にしてくれるなら何でもする」というもの好きがいる。若白髪(わかしらが)があるせいで三十半ばに見えなくもない。左手の甲に黒子があれば、しばらくは追い出せまいと踏んだそうだ。

「ただし、あいつはお駒さんに息子がいると信じている。『本当の息子の代わりにお駒さんを守ってやれ』と言ったら、妙に張り切りやがって。昼間は仕立屋を見張り、夜はおれのところへ報(しら)せに来ていたんだよ。お駒さんには怖い思いをさせちまうと心配していたんだが、最初からあいつの正体を見破っていたっていうじゃねぇか。さすがは年の功だ。恐れ入ったぜ」

お駒は息も絶え絶えに震える声を絞り出す。

「……それじゃ、あのにせものは……」

「おれの子分になりてぇと押しかけてきた新入りだ。本当の名を新八っていう」

では、月影一味ではなかったのか。

仏像を盗んだ罪で、死罪になったりしないのか。

安堵のあまり力が抜けて、お駒はその場にうずくまった。

「おい、大丈夫かい」

六平太の気遣う声にお駒はうなずくことさえできない。頭の中を駆け巡るのは、「よかった」という言葉だけだ。

「何でぇ、正体がばれていたってのは新八の勘違いだったのか」

呆れたような声の響きに知っていたふりをしたくなる。

だが、嘘はもうこりごりだ。

ゆっくり首を縦に振れば、相手は声を出して笑う。

「それでものは相談だが……お駒さんさえよかったら、また新八をここに置いてやっちゃくれねぇか」

「どうしてさ」

「あいつの身の上は聞いただろう。二親は死んじまって、天涯孤独の身の上なんだ。前は板前の見習いをしていたから、居酒屋の手伝いにはお誂え向きだと思うぜ」

「ちょ、ちょっと待っとくれよ」

二人で飲んだときに語られた身の上は本当だったらしい。ならば、「死んだおっかさんの分まで親孝行をしようと思いやした」という言葉も真実なのか。

何だか都合がよすぎる気がして、にわかに信じることができない。口をパクパクさせていたら、六平太が意味ありげな目を向ける。

「お駒さんの倅は行き方知れずのまま、おれが左手の甲の黒子を見て間違えたことにすればいい。そうすりゃ、肩身が狭くなることもねぇだろう」

さすがに親分になる人は考えることに抜かりがない。お役目のために担いだことの詫びも含まれているようだ。

しかし、お駒は断った。

「客と近所の連中には洗いざらい白状するよ。その上で、新八さんが来てくれるならありがたいね」

客は面白がって大騒ぎするに違いないが、しっかり者の看板は下ろすことに決めたのだ。これからは客に説教ではなく、愚痴（ぐち）や泣き言を言ってやろう。
ああ、そうだ。明日にでもこの顚末（てんまつ）を七福の若旦那に伝えないと。
酒はサケでも、ナサケで始末がついたってね。

〆(しめ)　似(に)たもの同士

一

酒屋の跡継ぎとして、酒のせいで悩んでいる人に手を貸したい。

幹之助がそう言い出したとき、親はもちろん奉公人まで目を丸くした。

長く使う箪笥や包丁、鍋釜の類を商うならば、客の悩みに応えることも必要だろう。だが、七福の売り物は飲んだら消える酒ではないか。

酔って何かをしでかそうとも、こちらの知ったことではない。下手に首を突っ込んで、揉め事に巻き込まれたら面倒だ。

周りは反対したけれど、幹之助は諦めなかった。

酒屋の主人になるのなら、酒の功罪を知っておきたい。並木町の七福は酒を売りつけるだけではない、のちの事まで気を配ると世間の人が思ってくれれば、客がさらに増えるはずだ――もっともらしい言葉を連ねて、渋る父を説き伏せた。

それから二年、さまざまな相談が幹之助のもとに持ち込まれた。

酔った自分が何をしたのか、思い出せなくて困っている。

この世で一番うまい酒を禁酒明けの幼馴染みに飲ませたい。

酔ったはずみで嘘をつき、取り返しのつかないことになった。

おかしな悩みに面喰らいつつ、そのたびに知恵を絞ったものだ。

おかげでめったなことでは驚かなくなったつもりだが、酒を飲まない奉公人に絡まれるとは思わなかった。

「ですから、すべて酒が悪いんですっ。酒さえなければ、お花さんのおとっつぁんだって仕事をしたはずなのに」

小僧の定吉は、さっきまで惚れた娘の父親を力一杯罵っていた。その怒りの矛先はついに酒にも向けられた。

酒が悪い、酒さえなければ——幹之助には聞き慣れた言葉である。とはいえ、酒屋の奉公人が口にしてはまずいだろう。

「たまった店賃を払うために、好きでもない男と夫婦にならなきゃいけないなんて。いくら何でもお花さんがかわいそうです。おっかさんが死んでから、ひとりで頑張ってきたんですよ」

仕事もしないで半刻（約一時間）も嘆いているにもかかわらず、小僧の飼っている腹の虫は未だ治まらないらしい。真っ赤な顔からしきりと唾が飛んできて、幹之助はさりげなく後ろに下がった。

定吉の思い人であるお花の父は、町内に住む飲んだくれの浮世絵師だ。前から筆より酒徳利を長く握っていたけれど、今年の夏に女房を亡くしてますます酒浸りになった。今では筆を取ろうともせず、二六時中酔っぱらっているという。お花は料理屋の下働きをして、甲斐性なしの父のために毎日酒を買いに来た。

幼い頃に父を亡くして苦労をしている定吉は、年上の孝行娘と言葉を交わしているうちに熱を上げた。ふた月前から手代や番頭の目を盗み、お花が持ってくる徳利に酒を余計に注いでいる。

――若い娘にばかりおまけをすると、他の客に勘違いされかねません。若旦那が甘やかすから、定吉がつけあがるんですよ。

番頭に文句を言われたが、幹之助はあえて見逃した。

どんなに思いを寄せたところで、十六の娘が十二の小僧を相手にするはずがない。かなわぬ恋と知ればこそ、ほんのわずかな間でも夢を見させてやりたかった。

そして師走二日の今日、定吉はいつものように酒を買いに来たお花から「嫁入りが決まったの」と告げられたのだ。

「相手はお花さんと干支が一緒だっていうんです。一回り年上と一緒になって、うまくいくはずがありません。大家は店賃を取りたい一心で、他の女が見向きもしない男をあてがったんです」

　負け犬の遠吠えとわかっていても、黙っていられないのだろう。お花より年下の定吉が悔しそうに訴える。

　聞くところによると、お花父子は店賃をだいぶ溜めているとか。年越し前に払えなければ、追い出されても文句は言えない。大家のほうは人助けのつもりで縁談を世話したはずである。

「大家に店賃さえ払えれば、お花さんは嫁に行かなくてすむ……そうだ、若旦那、手前にお金を貸してください」

　しかめっ面から一転、小僧がいいことを思い付いたとばかりに手を叩く。幹之助は期待に満ちた目から目をそらした。

「酒さえなければ、お花さんのおとっつぁんも身を持ち崩したりしませんでした。借りたお金は手前の給金から引いてください。この通りお願いいたします」

　畳に額を擦り付けて思い詰めた声を出す。酒が絡んだ揉め事だから力を貸せということか。

　歳よりませているとはいえ、子供はやっぱり子供だね。自分のことが一番大事で、相手の気持ちや先のことはまるで考えちゃいないんだから。

幹之助はため息をこらえたところで、口を開いた。

「おまえに金を貸したところで、お花さんが受け取るとは思えないがね」

「そ、そんなことは」

「ないと言えるかい？　三合の酒を買いに来て一合おまけしてもらうのとはわけが違う。それに借りた金で年を越せても、来年からはどうするのさ。料理屋の下働きでもらえる金じゃ、食べるだけで精一杯だ。また店賃が溜まるのは目に見えている。借りた金だって返さなければならないんだよ」

「だから、お花さんのおとっつぁんが働けば」

「手に職があるといっても、絵師は人気商売だ。名のある絵師ならともかく、無名の飲んだくれが心を入れ替えたからといって、すぐに仕事なんか来やしないよ。それとも、力仕事をさせる気かい」

筆より、いや徳利より重いものを持たない男にもっこ担ぎはできないだろう。そもそも力仕事をする気があれば、とっくの昔に始めている——ため息混じりに付け足すと、定吉の顔が青ざめる。

「お花さんは自ら嫁に行くと決めたんだ。いくら思いを寄せていても、他人がとやかく言うことじゃない」

厳しい言葉を突きつけると、定吉がようやく口をつぐむ。言い返せなくて悔しいのか、目まで赤くなっていた。

「一緒になる相手は鼻緒作りの職人で、真面目な働き者だと言われたんだろう。十二も歳が離れていれば、若い嫁をかわいがってくれるさ。苦労ばかりしてきたお花さんが亭主に甘えられるんだよ」

「ふん、大家の仲人口なんて信じられません」

意地っ張りの小僧はなおも減らず口を叩く。幹之助はかぶりを振った。

「世の中には、親の作った借金の形に売られる娘もたくさんいる。そういう娘たちに比べれば、お花さんはまだましさ」

「それは……そうかもしれませんが」

「江戸の男はやせ我慢が身上だろう。きれいさっぱり諦めて、惚れた相手の幸せを祈っておやり」

にっこり笑って締めくくれば、定吉の口がへの字に曲がる。どうやら涙を見せまいと歯を食いしばっているらしい。

師走に入って商いはますます忙しくなる。早く元気になってくれと、幹之助は明るく言い添えた。

「おまえは敏いし、見た目だって悪くないんだ。年下の子を好きになれば、万事うまくいくだろうよ」

ほめてやったにもかかわらず、定吉は再び顔をしかめる。どうしたのかと思っていたら、ふてくされたような声を出す。

「そんなことをおっしゃる若旦那は娘に振られたことなんてないんでしょう。何しろ大店の跡継ぎですからね」

見当違いな八つ当たりに幹之助はむっとした。自分のすぐそばにいたくせに、世間と同じようなことを言うなんて。

傍が思っているほど、若旦那稼業は楽じゃない。金さえあれば幸せだと信じているなら大間違いだよ。

幹之助は鼻を鳴らし、生意気な小僧に言い返した。

「あたしはおまえより十年も長く生きているんだ。娘に振られたことくらいあるに決まっているじゃないか」

「ええ、本当ですかぁ」

信じられないと言わんばかりに定吉が言葉尻を上げる。仏頂面でうなずけば、相手は急に真顔になった。

「若旦那を振るなんて、いったいどんな娘です。江口屋のおきみさんみたいに引く手あまたの器量よしですか」

江口屋のおきみは、「かぐや姫」とうたわれた蕎麦屋の看板娘である。言い寄る大店の跡継ぎや口のうまい色男には目もくれず、いかつい幼馴染みの板前と今年の春に一緒になった。

「いや、おきみさんよりお花さんに似ていたな」

お花は愛嬌こそあるものの、器量よしとは言い難い。驚く小僧にばつの悪さを覚えながら、四年間見ていない娘の顔を思い浮かべた。

幹之助の初恋はひとつ年下の幼馴染みで、父親は屋台の蕎麦屋をしていた。一緒に遊んでいられたのは果たしていくつまでだったか。気が付けば、向こうは屋台の手伝い、こっちは商いの修業に追われていた。

見た目は十人並みだけれど、明るくて気の利く子供だった。女にしては足が速く、鬼ごっこの鬼をして捕まえられたことがない。それでも「男のくせに」と言って、幹之助を見下したりしなかった。

子供同士の付き合いでも、妬み嫉みはついて回る。

何かと言えば「大店の跡継ぎはこれだから」とか「幹之助はいいよな」とやっかまれる中、その子だけが「幹之助ちゃんは大変だね」と言ってくれた。親に言えない泣き言をうなずきながら聞いてくれた。

惚れていると気付いたのは、幹之助が十五のときだった。一人前になったら思いを伝えるつもりだったのに、その前に向こうの嫁入りが決まってしまった。亭主になる男は桶作りの職人で、幼馴染みは十七になっていた。

「慌てて好きだと打ち明けたら、笑われてしまったよ。あたしなんかが大店の跡継ぎと一緒になれるはずがない。いくら酒屋の若旦那でも、酔ったはずみでいい加減なことを言わないでってね」

身分違いを理由にされて、幹之助は言葉を失った。その娘だけはそういうことを気にしないと思っていたから。

「女は男よりも早く大人になる。身分が違うと思えばこそ、あたしにやさしかったのさ。言い寄って断られるのは仕方がないけど、本気の思いを酔っ払いのたわごとにされたのはつらかったよ」

今となっては強がりではなく、断られてよかったと思っている。

たしなみとしての芸事はおろか、読み書きすらも怪しい娘が大店に嫁いだところで苦労をするだけだ。親や親戚もいい顔はしないし、無理やり一緒になったとしてもうまくいかなかったろう。

それでも、当時は目の前にいる小僧のように落ち込んだ。女なんて二度と信じないと恨めしく思ったものである。

自分が酒屋の跡継ぎだから、真面目に受け取ってもらえないのか。これから先も自分の思いは「酔っ払いのたわごと」にされるのか……。

ふとよぎる思いを振り払うため、酒について必死で学んだ。おかげで物知りになったものの、胸にくすぶるわだかまりは消えなかった。そこで二十一の春、他人の話を聞いてみようと思い立ったのだ。

酒で迷惑をこうむったのは自分だけではない。

世間の人だってこんなにも振り回されている。

そう思えれば楽になれると、酒の相談を始めてみれば、

――酒さえ飲まなければ、いい人なんです。

――酒がなければ、こんなことにはならなかった。

自分のところに来る人々は決まって酒を悪く言う。そんなふうに思うなら、自ら酒を飲まず、他人に飲ませなければいいものを。

幹之助は呆れたが、そのうちに自分も都合よく酒のせいにしていると気が付いた。幼馴染みに振られたのは、自分が酒屋の跡継ぎだからだと思っていた。しかし、八百屋や魚屋の跡継ぎでも振られていたに決まっている。

それでも自ら気付いた分だけ、相談に来た連中よりましだろう。幹之助が口をつぐむと、定吉は両目と口を大きく開ける。

「それじゃ、金持ちだからって女に振られることもあるんですか」

「ああ」

「でも、貧乏人はもっと相手にされないでしょう？　やっぱり男は見た目がすべてでしょうか」

若旦那の振られた話で、にわかに元気になったらしい。本気か冗談かわからない言葉を聞き、幹之助は苦笑した。

二

「噂をすれば影」とは、こういうことを言うのだろうか。

師走五日の七ツ（午後四時）過ぎ、幹之助は父の前で顔をこわばらせた。

「あたしに縁談、ですか」

これまでにも何度か見合いをしたことはある。だが、暮れの忙しい時期にどうしてそんな話を持ち出すのか。

盛大に眉をひそめても、父はまるで動じない。太鼓のような腹を揺すり、笑みを浮かべてなだめにかかる。

「そうあからさまに嫌そうな顔をするな。年が明ければ、おまえだって二十三だ。善は急げと言うだろう」

「そうですよ。早く嫁をもらって孫の顔を見せてちょうだい」

父の隣に座る母も、息子によく似た狐顔をほころばせている。今までの見合い相手にはあれこれケチをつけていたのに。

どうやら、願ってもない縁談みたいだね。相手は名のある大店か、それとも持参金がすごいのか。

幹之助は冷ややかに二親の顔を見返した。

幼馴染みに本気の思いをかわされてから、こうなることはわかっていた。

だが、もう少し気楽な独り身でいたい。嫁をもらえば、その次は「子はまだか」とせっつかれる。

一生添い遂げる相手だからね。いくら持参金を積まれようと、あたしを下に見るようなわがまま娘はごめんだよ。

胸の内でひとりごち、幹之助は身構えた。

「お相手はどこのどなたです」

「蔵前の札差、『丸富屋』のお嬢さんでお雪さんと言うの。歳は十七、名前の通り色白の器量よしで、芸事にも通じているんですって」

父が口を開く前に手柄顔の母が答える。上機嫌の理由を知って、舌打ちしたい気分になった。

札差の丸富屋と言えば、江戸でも指折りの豪商である。七福だって十間間口の大店だが、儲けの大きさでは足元にも及ばない。丸富屋の蔵には酒や米ではなく、小判が詰まっているという。

大金持ちの札差の娘、おまけに「色白の器量よしで芸事にも通じている」のであれば、縁談は選り取り見取りだろう。格下の酒屋の跡取りに声をかけたりするだろうか。

きっと色白うんぬんは仲人口に違いない。頭から決めてかかっていると、父がおもむろに腕を組む。

「おまえが『酒の悩みの相談に乗りたい』と言い出したときは、酔狂なやつだと呆れたが。おかげでこんな良縁が舞い込んでくるとはな」

「ええ、情けは人のためならずってのは本当ですよ」

父は垂れ目をさらに下げ、母が細い目をさらに細める。二人の言葉から察するに、この縁談は酒の相談絡みのようだ。

しかし、お雪はもちろん、丸富屋の奉公人だって酒の相談に来たことはない。怪訝な目で見つめれば、父が事情を話し始めた。

「丸富屋さんに出入りしていた大工の中に、おまえに最高の酒をごちそうしてもらったという男がいたんだよ」

この秋、商売繁盛の札差は蔵を建て直すことにした。その作事の際、大工の又七の語った話がお雪の耳に入ったらしい。

なるほど、そういうことだったか。

幹之助はようやく腑に落ちた。

酒好きの又七は酒を飲みすぎて足場から落ち、その場に居合わせた仲間に怪我を負わせた。棟梁からは酒を断つように命じられて一年経った今年の夏、神妙な行いが認められ、再び酒を飲むことが許された。

それを知った干鰯問屋に奉公する留吉は、「幼馴染みの又七に最高の酒を飲ませてやりたい」と幹之助のところへやってきた。又七が調子に乗って飲みすぎたのは、留吉が手代に昇進したことを二人で祝った酒だったのだ。

揉め事ではない相談に、幹之助はいつにも増してやる気になった。そして考え尽くした酒の趣向が決まった直後、奉公先の火事で留吉は亡くなった。

幹之助は思いがけず命を落とした相談相手の遺志を継ぎ、悲しみに暮れる又七を不忍池のほとりにある料理屋に連れていったのだ。

「満開の蓮の花を見下ろして、朝っぱらから酒を飲む。夜空の花火を見上げて飲むよりも贅沢かもしれないね」

「でも、又七さんは一滴も飲みませんでしたよ」

亡き幼馴染みと飲んだ祝い酒がこの世で一番うまかった、あれ以上の酒はないと、又七は口さえつけなかった。まったく飲んでいないのだから「最高の酒をごちそうになった」とは言えないだろう。

四角四面に言い返せば、父は呆れたような顔をする。

「赤の他人のために最高の酒をごちそうしようとしたことが肝心なのさ。話を聞いたお雪さんは、おまえの商人らしからぬ律義さにいたく感心したそうだ」

信用第一と言いながら、多くの商人は目先の損得で動こうとする。だが、幹之助はタダで相談に乗るばかりか、時には自ら動いてくれる。

お雪は「そういう人を夫にしたい」と言い出して、娘に甘い丸富屋の主人も乗り気になっているという。

「儲けでは札差に劣るけれど、うちだって酒屋としてはちょっとしたものだ。おまえが引け目を感じることはない」

「そうよ、先方から申し入れてきたんだもの」

「七日に『亀屋』の御主人がお雪さんを連れてくる。会ってがっかりされないように男ぶりを磨いておけ」

「着物は何がいいかしら。仕立てている暇はないから、手持ちの中から見繕わないといけないわね」

「見合いの日は朝一番で湯屋と髪結い床に行くんだぞ」

「ああ、わたしも髪結いを呼ばないと」

「ちょ、ちょっと待ってくださいよ」

どんどん話を進められて、幹之助が腰を浮かせた。

七日といえば明後日だ。おまけに料理屋亀屋の主人は、三度の飯より仲人をするのが好きだという人物である。

このままでは二親の思い通りにされてしまう。幹之助は下っ腹に力を込め、父と母をはったと見据えた。

「あちらだって師走は忙しいはずです。慌てて見合いをするよりも、暖かくなってから花見の席でも設けましょう」

これまでの見合いは花見や芝居見物にかこつけて、通りすがりに相手の顔を確かめるというものだった。そのたびに幹之助は「着ているものが派手すぎる」とか、「立ち居振る舞いに落ち着きがない」と縁談を断ってきたのである。

店に乗り込んでこられたら、断りづらくなってしまう。二十歳を過ぎた年増と違い、お雪は明けても十八だ。見合いを三月まで延ばしたところで、どうってことはないだろう。

こちらの思いを見透かしたのか、父が眉を撥ね上げた。

「言っておくが、お雪さんを気に入らなくても断ることは許さんぞ」

「でも、今までは」

「今までの縁談はうちのほうが格上だったが、今度は向こうのほうが上だ。こちらから断って、丸富屋さんの顔を潰せるものか」

「おとっつぁん、そんな」

「なに、心配しなくても大丈夫だ。お雪さんは本当に器量よしで気立てもいいそうだ。会えば、たちまち惚れ込むさ」

手前勝手に決めつけられて、腹の中で歯ぎしりする。自分の嫁じゃないからって、適当なことを言わないでくれ。

「そうよ。むしろおまえのほうが嫌われないように気を付けなさい」

横から母に口を出され、その手があったと気が付いた。こちらから断れないのなら、向こうに断ってもらえばいい。

人づての話はとかく大きくなりやすい。幹之助が今時珍しい善人だと、お雪は思い込んでいるのだろう。

一緒になってから、「こんな人だと思わなかった」とこぼされるなんてまっぴらだ。見合いで二人になったとき、向こうの勘違いを粉々にしてやろうじゃないか。

ひそかな意気込みは腹に隠し、幹之助は「わかりました」とうなずいた。

翌六日、七福の奉公人は商いそっちのけで母屋の掃除に駆り出された。

母は箪笥をかき回して幹之助の着物を選ぶ。

父は顎を突き出して丸富屋との縁談を吹聴する。

周りが盛り上がれば盛り上がるほど、幹之助はうんざりした。

そして七日の朝四ツ（午前十時）の鐘が鳴り終わると、亀屋の主人が着飾ったお雪を連れてきた。ただの顔見せなので、親はついてこない。

「暮れにこんなめでたい話が舞い込むなんてうらやましい。七福は来年も商売繁盛間違いなしだ」

「ありがとうございます。これも亀屋さんのおかげです」

「うちも七福さんの幸運にあやかりたいものです」

父と亀屋の主人が型通りのやり取りを交わしたのち、幹之助とお雪は座敷で二人きりにされた。無言でじっと見つめると、相手は恥ずかしそうに目をそらす。

父が「たちまち惚れ込む」と言った通り、お雪は色白の器量よしだ。黒目がちの二重の目がちらちらこっちをうかがっている。頬がうっすら赤らんでいるのは、寒さのせいではないだろう。

丸富屋の娘でなければ、嫁にもらってもよかったかな。

ふとそんな考えすら頭をよぎり、幹之助は苦笑する。ふつうは丸富屋の娘だから、ありがたく嫁にもらうのだろう。

だが、嫁の実家が強すぎると、こちらの肩身が狭くなる。

札差は幕臣相手の商売のため、商人の中でも気位が高い。舅となった丸富屋に畑違いの商いにまで口を出されたら迷惑だ。

おとっつぁんは丸富屋の身代に目がくらんでいるけれど、うまい話には裏があるって昔から決まっているからね。

酒好きはいつも「これくらいは大丈夫」とか「最後にもう一杯だけ」と言って、ついつい酒を飲みすぎる。挙句、取り返しのつかないしくじりをして幹之助に泣き付くのだ。

最初から口にしなければ、そもそもしくじることはない。胸騒ぎがしたときは、手を出さないのが一番だ。

腹の中でひとりごちたとき、お雪のか細い声がした。

「あの、ふつつか者ですが、よろしくお願いいたします」

三つ指をついて頭を下げられ、幹之助はかすかに眉尻を上げる。断られるかもしれないなんて露ほども思っていないようだ。

おとっつぁんから「断れない」と言われているけど、あたしは承知していない。いくら豪商の娘でも、この世がすべて意のままになると思ったら大間違いだよ。

負けず嫌いの血が騒ぎ、幹之助は口を開いた。

「そう言っていただけるのはうれしいんですが、お雪さんは手前のどこが気に入ったんでしょう」

笑みを浮かべて尋ねると、向かい合うお雪の顔がよりいっそう赤くなる。

いかにも初々しいけれど、幹之助の目は冷ややかだ。常日頃から、赤い顔は酔っ払いで見慣れている。

「あの、幹之助さんはお酒を売るだけではなく、お酒の悩みの相談にも乗っていらっしゃると聞いて」

「酔って悪さをする人が増えると、酒屋への風当たりも強くなります。転ばぬ先の杖というやつですよ」

「あら、そうでしたか」

「大工の又七さんに最高の酒をごちそうしようとしたのは、亡くなった留吉さんから金を預かっていたからです。死んだ人の金をねこばばしたら、祟られそうで怖いでしょう」

「まあ、そうでしたか」

身も蓋もない言葉を並べれば、黒目がちの目がしばたたかれる。

これならすぐに憤慨して、愛想を尽かしてくれるだろう。しめしめとほくそ笑み、お雪のほうに身を乗り出す。

「ところで、お雪さんは腕に覚えがありますか」

乳母日傘のお嬢さんと荒事は縁遠い。「どういう意味でしょう」と聞き返されて、幹之助は声を落とした。

「酒屋に酔っ払いはつきものです。うちは店先で酒が飲めますから、酔って暴れるやつが毎日ひとりや二人はいます。母屋に乗り込まれることもあるので、いざというときは取り押さえてもらわないと」

嘘八百を並べれば、お雪が着物の袖で口元を隠す。幹之助は噴き出しそうになる唇を引き締めた。

自分が知る限り、七福の店先で酔って暴れた客はいない。そんなことになる前に手代や番頭が追い払う。

しかし、世間に疎い箱入り娘はこちらの言葉を信じたらしい。口元を袖で隠したまま、おびえたように下を向く。

「手前の母はおとなしそうに見えますが、実は腕が立つんです。酔った大男を片手で投げ飛ばしてしまいます」

もちろん、母は片手どころか両手でだって投げ飛ばせない。酔った大男に絡まれたら、その場で腰を抜かすだろう。

口から出まかせとは知らないお雪が「お強いんですね」と感心する。幹之助は「ええ」とうなずいた。

「それくらい気丈でないと、酒屋の嫁は務まりません」

ここまで言えば、お雪だって考えを改めるに違いない。今すぐ「この話はなかったことに」と言い出すはずだ。

幹之助が様子をうかがっていると、お雪は意を決したように顔を上げた。

「酒屋の嫁には特別な覚悟が必要なのですね。よくわかりました」

「では、この縁談は」

「少しばかり小太刀の心得がございますが、それだけでは心許ないようです。嫁ぎましたら、おかあさまに酔っ払いの投げ飛ばし方を教えていただきます」

可憐な娘の口から信じがたい答えが返ってくる。仰天した幹之助は細い目を見開いた。

「……小太刀の心得があるんですか」

「はい、札差もいささか物騒ですので」

金に困った旗本や御家人は、町人の札差相手に刀を抜いて強談判（こわだんぱん）に及ぼうとする。そのため札差は用心棒を抱（かか）えており、手代も体格がよく、腕っぷしの強いのを揃（そろ）えていると聞いている。

しかし、そこの娘まで腕が立つとは思わなかった。

「店先で酔って暴れる客でも、困っていれば相談に乗って差し上げるのでしょう。なかなかできることではありません」

「い、いや、別にそういうわけじゃ」

「亡くなった留吉さんの遺志を継いだのは祟られそうで怖いからだなんて……幹之助さんは本当に信心深くていらっしゃいます」

果たしてこれは嫌みなのか、それともお雪の本心か。頬を染めたまま微笑（ほほえ）まれ、幹之助の顔が引きつった。

「商いの役に立つかは存じませんが、琴と踊りは名取（なとり）です。書はもちろん、お茶とお華（はな）も人並みの心得はございます」

「はあ」

「他に必要なことがございましたら、どうかおっしゃってくださいませ。わたしにできることは一所懸命に努めます」

こちらが思っていたよりも嫁入りの覚悟は固いらしい。さらに予想を上回る出来のよさを知らされて、幹之助はますますうんざりした。

そんなに何でもできるなら、お城にでも上がればいいじゃないか。あたしが妻にしたいのは、もっと平凡な娘だよ。

出来すぎの娘と一緒になれば、肩身が狭くて仕方がない。どうしたものかと頭をひねり、ややして「そうだ」とひらめいた。

「お雪さんは酒が飲めますか」

「あいにく不調法でございます」

期待通りの返事を聞き、幹之助は見えない舌を出す。

「それは困りました。酒屋の嫁は男よりも酒が飲めないと務まりません」

これ見よがしにため息をつけば、お雪が顔をこわばらせる。「どのくらい飲めれば」と尋ねられ、ここぞとばかりに吹っ掛けた。

「そうですね。少なくとも一升は飲んでほしいものです」

男ならともかく、女で一升飲める者はなかなかいない。青ざめたお雪を見て、一矢報いた気になった。

三

「幹之助、おまえはどうしてお雪さんにあんなことを言ったんだ」

十日の八ツ（午後二時）過ぎ、母屋にいた幹之助はいきなり父に怒鳴られた。

この剣幕では丸富屋から縁談を断られたのだろう。

目論見通りだと思いつつ、幹之助はしらばっくれる。

「おとっつぁん、いったい何のことですか」

「酒屋の嫁は酒が飲めなければ務まらない。そうお雪さんに言っただろう」

「ええ、言いました。それがどうかしましたか」

他にもいろいろ言ったのだが、そっちは構わないのだろうか。幹之助がそう思ったとき、父が乱暴に畳を叩いた。

「おまえがつまらないことを言ったせいで、丸富屋で騒ぎが起こったんだ」

幹之助の言葉を真に受けて、お雪はこっそり飲めない酒を飲んだらしい。そのせいで具合が悪くなり、理由を知らない奉公人が慌てて医者を呼んだとか。

「医者の診立てが酒の飲みすぎ。驚いた丸富屋さんがお雪さんを問い詰め、おまえの言ったことがわかったんだ。先方はたいそうお怒りだぞ」

語気も荒々しく睨まれて、幹之助は目をそらす。ああ言えば、酒屋と自分に嫌気がさすと思ったのだ。

まさか、お雪が飲めない酒を隠れて飲むとは思わなかった。しかも、医者を呼ぶほど具合が悪くなるなんて。

二日酔いの苦しさは幹之助も知っている。後ろめたくなって目を伏せると、父は両手で頭を抱えた。

「お雪さんはひどい二日酔いで苦しんだにもかかわらず、今も周りの目を盗んでは酒を飲もうとするらしい」

「………」

「おまえが縁談を嫌がっているのは知っていたが、顔を合わせればその気になると思ったのに……お雪さんの何が不満だ。こんな良縁は二度とないぞ」

恨めしそうな目を向けられたが、適当な言い訳が出てこない。父はいっそう不機嫌になった。

「気位ばかり高いおまえのことだ。どうせ、お雪さんの非の打ちどころのないところが気に入らなかったんだろう。本当に肝っ玉の小さい男だな」

胸の内を見透かされ、幹之助はぎくりとする。

だが、こっちにだって言い分はある。

「そ、そんなことはないよ。格上の店の娘を嫁にすると、面倒が多いと思っただけで」

「今さらとぼけても無駄だ。わしはおまえの父親だぞ」

「だから、あたしは」

「なら、おまえは定吉をどう思う。いい商人になると思うか」

なぜ今ここで定吉の名が出てくるのか。幹之助は面喰らいつつ、日頃思っていることを口にした。

「歳のわりに利口で目端が利く。生意気なところを改めて謙虚になれば、いい商人になると思うよ」

「わしから見れば、おまえだって定吉と似たようなものだ」

「おとっつぁん」

「酒の相談に乗るのだって、他人を見下すためだろう」

「いくら何でもあんまりだよ。あたしは……」

とっさに食って掛かったものの、そこから先が出てこない。落ち着いてわが身を顧みれば、思い当たる節はある。

「おまえは歳のわりにものを知っているし、頭の巡りも速い。だが、それを鼻にかけて周りを見下すところがある。だからお雪さんのように出来のいい娘と一緒にさせて、天狗の鼻をへし折ってやろうと思ったのに」

では、父は丸富屋の身代に目がくらんだのではなかったのか。自分よりはるかに考えていたことを知り、いよいよ居たたまれなくなってしまう。

「こっちが思っていたよりも、おまえは子供だったようだ。しばらく嫁取りは見合わせたほうがよさそうだな」

「おとっつぁん、それじゃ」

「ああ、おまえの望み通り今度の縁談はなくなった」

丸富屋の主人は、「酒屋にだけは嫁がせない」と父に言って寄越したという。

「うちとしては残念だが、お雪さんには幸いだ。おまえなんかと一緒になれば、苦労するのは目に見えている」

父は低い声で吐き捨てて、かぶりを振って座敷を出ていく。ひとり残された幹之助はじっと畳を見つめていた。

望んだ通りになったのに、これっぽっちもうれしくない。そんなつもりじゃなかったと誰かに言いたくて仕方がない。

――他に必要なことがございましたら、どうかおっしゃってくださいませ。わたしにできることは一所懸命に努めます。

大金持ちの娘でありながら、生真面目な子だということはわかっていた。「一升飲めるようになれ」と言われれば、次に何をしようとするか想像がついたはずなのに。

――気位ばかり高いおまえのことだ。どうせ、お雪さんの非の打ちどころのないところが気に入らなかったんだろう。本当に肝っ玉の小さい男だな。

たった今、父に言われた言葉が胸の痛みと共によみがえる。

お雪の二日酔いはそんなにひどかったのか。酒は「百薬の長」と呼ばれる一方、時に命を奪う毒にもなる。見合いから三日、もう元気になっただろうか。

気になって仕方がないけれど、すでに縁談は流れてしまった。丸富屋は札差なので、買い物にかこつけて様子を見に行くこともできない。

いつかまた会う折りがあれば、お雪に謝りたいと思っていたら、

「今日は酒の悩みの相談に参りました」

師走二十日の昼下がり、見合いのときより地味な振袖を着たお雪が単身七福にやってきた。幹之助は気まずい思いで再び座敷で向かい合う。

「あの、酒の悩みとはどのような……」

おずおずと尋ねると、お雪は揃えた膝を進める。

「わたしは何としても一升の酒を飲めるようになりたいのです。どうすれば、飲めるようになりますか」

やはりそうかと思いつつ、すぐに口が動かない。謝ろうと思っていたのに、余計なことを聞いてしまう。

「……今はどのくらい飲めるんですか」

「先日は二合飲んだところで、気を失ってしまいました。翌日は一日中頭が痛くてたいそう難渋いたしました。二日酔いとはとても苦しいものでございますね」

二合で気を失うなんて、お雪はかなり酒に弱い。だが、もっと飲んでいたら、二日酔いがさらにひどくなっていただろう。

この先、妙なことをしないよう釘を刺しておかなければ。幹之助は気まずさをこらえ、お雪の顔をじっと見た。

「お雪さんは酒が飲めない性質なのでしょう。そういう人は何をしようと一升飲めるようにはなりません」

「ですが、わたしは」

「飲めない人が無理に飲めば、命を落とすこともある。女は酒が飲めなくたって別に困らないでしょう」

「いいえ、わたしは困ります」

「どうして困るんです。お雪さんならどんな大店にも嫁げるはずだ。なぜあたしなんかにこだわるんです」

尋ねる声が上ずって震ふるえているのが情けない。幹之助は畳の縁へりに目を落とした。

「あたしはお雪さんに嘘ばかり言いました。うちの店で酔っ払いが暴れたことなどありません。おっかさんが酔った男を投げ飛ばすってことも、酒屋の嫁は一升飲めなければならないということも」

真実を白状する声がだんだん小さくなっていく。そして、「申し訳ありませんでした」と頭を下げた。

「丸富屋さんは江戸でも指折りの豪商です。そこのお嬢さんとの縁談が持ち上がって、うちの親は喜びました。でも、あたしは気が進まなくて……お雪さんを嫁にしたら、頭が上がらないと思ったから」

「はい、すべて承知しております」

落ち着きはらったお雪の声に、幹之助は驚いて顔を上げる。目の前にある白い顔は、見合いの席と同じ笑みを浮かべていた。

「生まれたときから丸富屋の娘ですもの。世間の目くらい存じております。わたしの値打ちは札差丸富屋の娘であること、それを取ったら何も残りません」

「そ、そんなことはありませんよ。お雪さんは器量よしで、何でもできるじゃありませんか」

「そう言う幹之助さんだって、わたしが丸富屋の娘だから一緒になるのが嫌だったんでしょう？　実家の威光を笠に着て、大きな顔をすると思ったから」

おっしゃる通りなので、幹之助は口をつぐむ。お雪は苦笑して話を続けた。

丸富屋はお雪の父、八郎兵衛の代に大きくなった。そのきっかけになったのが、お雪の母と一緒になったことだという。

「母の実家は江戸でも一、二を争う廻船問屋だったのですが、しけで船が沈んでしまい、わたしが子供の頃に潰れました。それとは反対に丸富屋は大きくなり、父は女遊びをするようになりました」

　お雪の母は実家が傾くまで、夫を下に見ていたらしい。お雪は母から父に対する恨みをさんざん聞かされて育ったとか。

「父は商いのために母を娶り、商いがうまくいくと蔑ろにしたのです。母は嫁いでからも実家を誇り、父の心を失いました。わたしはずっと両親の二の舞だけは演じたくないと思っていたのです」

　惚れた相手と添いたいなんて贅沢は言わない。丸富屋がどうなろうとも、見捨てないでくれる人であればいい。

　しかし、先方から持ち込まれる縁談だと、丸富屋とのつながりか、持参金目当てに思えてしまう。どうしたものかと困っていたとき、大工の又七の話を聞いた。

「留吉さんは火事で亡くなったのですから、その企てを知っていたのは幹之助さんしかいなかったはず。放っておいてもわからないのに、又七さんを料理屋に招くなんて律義な方だと思いました」

「いや、それは」

「たとえお金を預かっていて、祟られるのが怖かったのだとしても、幹之助さんは亡くなった相談相手の望みをかなえようとしました。そういう律義な方であれば、一生信じてついていけると思ったのです」

だが、幹之助と顔を合わせ、乗り気ではないとすぐにわかった。きっと金持ち娘の気の迷いだと思われているのだと。

「ですから、どうしても一升の酒を飲めるようになりたかったのです。飲めない酒を飲めるようになれば、考え直してくれると思ったから」

お雪はこちらの思いを見透かした上で、一緒になることを望んだのか。思いがけない打ち明け話に幹之助はうろたえた。

おとっつぁんが言った通りだ。

あたしは定吉と同じだよ。

「振られたことなんてないんでしょう」と言われて、小僧にむっとしたくせに、自分だって世間と同じような目でお雪を見ていたではないか。

お雪はそれでも諦めずに、酒が飲めるようになろうとした。縁談は流れてしまったのに、再び幹之助の前に現れた。

初恋の娘に笑われて、その場で諦めたどこかの若旦那とは大違いだ。

おとっつぁんは「こんな良縁は二度とない」と言ったけれど、その通りだ。お雪さんを逃したら、あたしはずっと後悔するよ。

生まれより自分を見てほしい——大店の子として生まれた二人は、同じ思いでいたのだから。

しかし、今になって「一緒になってほしい」と言っていいのか。ためらう幹之助の前で、お雪が再び口を開いた。

「あの、酒が飲めなくてもいいのなら」

「何もできなくて構いません、お雪さん、どうか手前と一緒になってください」

相手の言葉にかぶせるように早口で言って頭を下げる。だが、「はい」という声は聞こえてこない。

恐る恐る顔を上げると、お雪は目に涙を浮かべ、袖で口元を押さえていた。

四

二人の思いが通じたところで、次にすべきことは何か。

幹之助はしばし考えて、お雪と共に丸富屋へ行くことにした。

お雪の父の許しがあれば、自分の親は反対すまい。初めからこの縁談に大乗り気だったのだから。

厄介なのはお雪さんのおとっつぁんだけだ。「酒屋にだけは嫁がせない」と言っていたらしいから、考え直してもらわないと。

こんなことなら、見合いのときに余計なことを言うんじゃなかった。後悔する幹之助をお雪がやさしく励ました。

「父は跡継ぎの兄には厳しいですが、娘のわたしには甘いんです。泣いて縋ればきっと許してくれるはずです。このまま丸富屋に行きましょう」

その言葉に従って札差の敷居をまたいだものの、主人はなかなか現れない。「父を呼んでまいります」と座敷を出ていったお雪も戻らない。「勝手なことをするんじゃない」と父親に叱られているのだろうか。

半ば覚悟はしていたけれど、お呼びでない客は居づらいね。

幹之助は身じろぎして、空になった湯呑を見下ろす。勝手に押しかけてきたのだから、待たされたって文句は言えない。

師走の二十日といえば、商家はどこも忙しい。札差には暮れの払いに困っている旗本御家人が押しかけているはずだ。店のほうでは殺気立ったやり取りが繰り広げられているのだろう。

そういえば、お雪さんは小太刀の心得があると言っていたっけ。一緒になったら、怒らせないように気を付けないと。

　そして、たっぷり一刻（約二時間）は過ぎた頃、少々乱れた足音がして、目つきの鋭い男が襖を開けた。

「手前が丸富屋の主人、八郎兵衛です。今日は娘がそちらにお邪魔したそうで、ご迷惑をおかけしました」

　歳は父より若いはずだが、商人としての貫禄では八郎兵衛がはるかに勝る。言葉とは裏腹に睨まれて、幹之助は震え上がった。

「い、いえ、こちらこそいきなり押しかけまして、まことに申し訳ございません。あの、実はお雪さんのことで」

「わざわざ送ってきてくださってありがとうございます。ですが、若い男女のこと、縁がなかったことになった上は、傍の目もございます。雪には言い聞かせましたので、二度と近寄らないでいただきたい」

　こちらの言葉を遮って相手は言いたいことを言う。幹之助は一瞬怯んだものの、くじけるものかと気を取り直す。

　女のお雪さんだって、あたしに思いを伝えてくれた。

　男のあたしが男を見せなくてどうするのさ。

幹之助は大きく息を吸った。

「お雪さんを嫁にくださいっ。この通りお願いいたします」

目をつぶってひと息に言い、間髪容れず頭を下げる。そのまま息をひそめていたら、背筋が凍りそうな声がした。

「雪が隠れて酒を飲み、寝込んだのはご存じないと見える」

「いえ、それは……」

「酒屋に嫁ぐには、酒が飲めないといけないと誰かに言われたようでね。世間知らずの娘はそれを鵜呑みにしたようだ」

棘だらけの言葉をぶつけられて、幹之助は二の句が継げなくなる。時を巻き戻すことができれば、あんなことは言わないのに。

おずおずと顔を上げれば、八郎兵衛と目が合った。

「雪はわしの自慢の娘だ。嫁に欲しいという大店は山ほどある。もうおまえさんの出る幕はない」

二本差をも黙らせる札差の迫力はすさまじい。幹之助は肝を冷やしつつ、なけなしの勇気をかき集める。

「ま、ま、丸富屋さんのおっしゃる通り、お雪さんを嫁に欲しがるお店は多いでしょう。ですが、お雪さんは手前がいいと言ってくれているんです」

「そんなものは気の迷いだ。見合いの席で口から出まかせを並べる男に大事な娘をやれるものか」

「それは……申し訳なかったと思っています。ですが、そのおかげで手前はお雪さんの本心を知ることができました。一緒になったら、一生大事にしますから」

「馬鹿馬鹿しい。青二才の世迷言にいつまでも付き合っていられるか」

眉間に深いしわを刻み、八郎兵衛が立ち上がる。幹之助はとっさに叫んだ。

「お雪さんは手前を信じてくれました。丸富屋さんはどうすれば手前を信じてくださいますか」

必死の思いが伝わったのか、八郎兵衛が振り返る。そして幹之助を見下ろすと、剣呑な目つきのまま口の端を上げた。

「では、酒の飲み比べをしてもらおうか」

「ど、どなたとでしょう」

「もちろん、わしとに決まっている。おまえさんが飲み比べでわしに勝てれば、雪を嫁にやってもいい」

思いがけない申し出に幹之助は戸惑った。

酒屋の息子ではあるけれど、抜きん出て酒が強いわけではない。自ら飲み比べを申し出るということは、八郎兵衛はかなり自信があるのだろう。

だが、娘のお雪は酒に弱い。何よりここで断れば、お雪と一緒になれなくなる。

あたしは酒屋の倅(せがれ)だもの。酒の神様はあたしに力を貸してくれるさ。

自分自身にそう言い聞かせ、幹之助は承知した。

五合徳利をより多く空(から)にした者が勝ち。

それが八郎兵衛の示した飲み比べのやり方だ。幹之助は目の前に並んだ五合徳利を見つめながら、お雪の顔を思い浮かべる。

お雪さんだって飲めない酒を飲んだんだ。

あたしが負けるわけにはいかないよ。

「それじゃ、始めようか」

八郎兵衛はそう言って、湯呑に酒を注いで一気にあおる。その見事な飲みっぷりに圧倒されながら、幹之助も酒を飲み始めた。

寒い時期は熱燗(あつかん)のほうがいいけれど、贅沢は言っていられない。それに大金持ちの丸富屋はさすがにいい酒を飲んでいる。

うまいと思ったら、剣菱じゃないか。

こんなふうにぐいぐい飲むなんてもったいないよ。

飲み始めは緊張していたけれど、一杯、二杯と重ねるうちにだんだん気分がよくなってきた。さすがは天下の銘酒だと、酒の香りを胸に吸い込む。

一方、八郎兵衛は苦虫を嚙み潰したような顔つきで酒をあおり、早くも一本目を空にした。

「おまえさんもさっさと飲め。それとも、もう降参か」

「こんないい酒を味わわないで飲むなんて罰当たりというものです。もう少し待ってくださいまし」

酒のおかげで調子が出てきた幹之助は八郎兵衛に言い返す。

下り酒は四斗樽につめられて、波に揺られて江戸まで運ばれてくることで、味に丸みが出るという。上方では一度江戸に下した酒を運び戻して「富士見酒」と称する――と酒の知識をひけらかす。

八郎兵衛はますます顔をしかめ、次々に徳利を空にしていった。

「……飲み比べに使うなら、もっと安い酒でもよかったのに」

「うるさいっ。丸富屋に安酒があるものか」

「……寒い時期は熱燗のほうが」

「いちいち文句を言うな、黙って飲めっ」

徳利も五本目に入り、幹之助は身体がほてってきた。頭もぼんやりしてきたし、かなり酔ってきたらしい。

横目で八郎兵衛の様子をうかがうと、顔色はそれほど変わっていない。だが、目が少々据わってきた。

「そんなに怖い顔をしないでくださいよぉ。あたしたちはぁ、遠からず親子になるんですからぁ」

「寝言は寝て言え。おまえなんぞに雪はやらん」

八郎兵衛が唾を飛ばして言い返し、湯呑の酒を一気に干す。見事な飲みっぷりに幹之助は手を叩いた。

「おとっつぁん、お見事ぉ」

「何がおとっつぁんだっ。飲めないなら、とっとと降参しろ」

「飲めないなんてぇ、言ってませぇん。あたしだってぇ、おとっつぁんにぃ、負けるわけにはいかないんですぅ」

「だから、おとっつぁんと言うな」

ひときわ大声で怒鳴られながら、幹之助も身体を揺らして酒をあおる。かろうじて五本目を空にしたものの、六本目は無理だろう。この勝負、言い出した八郎兵衛にやはり分があるようだ。

こっちが酔い潰れる前に、勝負をうやむやにしなくては。何かうまい手はないものかと酔った頭で考える。

「それにしてもぉ、おとっつぁんはお強いですねぇ」

「弱かったら、飲み比べなんて言い出すものか」

八郎兵衛はぶすりと答えて、湯呑の酒をぐいと飲む。幹之助は湯呑を持ったまま首を傾げた。

「どうして、お雪さんは飲めないんですかねぇ」

「雪は母親に似たんだろう。女は酒なんぞ飲めなくていい」

「じゃあ、おっかさんも飲めないのかぁ。こぉんなにおいしいものが飲めないなんてぇ、かわいそうですねぇ」

意味もなく笑って言ったとき、お雪が座敷に飛び込んできた。

「幹之助さん、しっかりしてちょうだい。おとっつぁん、どうしてこんなになるまで飲ませたの」

「……部屋から出るなと言ったはずだ。誰か、雪を連れていけ」

主人の声に応じて現れたのは、お雪によく似た顔立ちの四十がらみの女だった。

「加津、この件で口出しは無用だと言ったろう」

「お言葉ですが、娘に『おとっつぁんとおっかさんのようになりたくないから、力を貸してほしい』と頼まれたのです。知らん顔はできないでしょう」

「何だと」

「雪は死んだ人にも義理立てする、律義な幹之助さんがよろしいそうです。確かにそういう人であれば、妻の実家がどうなろうとも見捨てたりいたしませんでしょうからね」

冷ややかに告げられて、八郎兵衛が口をつぐむ。すかさず、お雪があとに続いた。

「おとっつぁんだって一度はいいと言ってくれたでしょう。どうして、今になって反対するの」

「……娘が隠れて酒を飲み、あまつさえ二日酔いで苦しんだんだ。そのきっかけを作った男と一緒になんかさせられるか」

「あら、わたしだって酒を飲み始めた頃は二日酔いになりました。飲み慣れれば、そんなこともなくなります」

加津と呼ばれたお雪の母が表情を変えずに言い返す。八郎兵衛が目を剝いた。

「おい、今何と言った」

「耳が遠くなったんですか。わたしだって酒を飲み始めた頃は二日酔いになったと申しました」

寝耳に水だったのだろう。八郎兵衛は口を開けて妻の顔を見つめている。その顔がおかしくて幹之助は笑ってしまった。

「おっかさんは酒が飲めるってぇ、おとっつぁんは知らなかったのかぁ」

また「おとっつぁんと言うな」と言われるかと思いきや、八郎兵衛は無言だった。代わりに、お雪の母が口を開いた。

「おまえさんが女のところに行っているとき、ひとりで飲んでいたのです。それくらい構わないでしょう」

「……どうして、ずっと黙っていた」

「お互い様です。おまえさんだって女のところで何をしたか、わたしにおっしゃらないじゃありませんか」

まるで悪びれない妻に八郎兵衛は再び黙り込む。幹之助が湯呑の酒を飲もうとしたら、横からお雪に取り上げられた。

「もう飲んじゃいけません」

「だってぇ、負けられないからさぁ」

いよいよ酔いが回ってきたのか、だんだんまぶたが下がってくる。ふらつきながら手を伸ばせば、お雪は事情を察したらしい。八郎兵衛を睨みつけた。

「幹之助さんはわたしのために飲み比べをしてくれました。おとっつぁんはおっかさんのために身体を張ったことがありますか」

「……わかった。わしの負けでいい」

八郎兵衛の言葉を聞くなり、幹之助は気を失った。

翌朝、幹之助は今までにない頭痛と吐き気に悩まされた。

「他人の酒の相談にさんざん乗っておきながら、二日酔いになるなんてみっともないですよ」

布団の上で頭を抱えていたら、定吉が憎まれ口を利く。

幹之助は生意気な相手に言い返した。

「下り酒だって波に揺られて値打ちが上がる。人も苦しい思いをしないと、一人前になれないんだよ」

（本書『酒が仇と思えども』は、平成二九年一〇月、小社から四六判で刊行されたものです）

・初出誌　月刊『小説ＮＯＮ』（祥伝社刊）
狐とかぐや姫　平成二八年　八月号
目が覚めて　平成二八年一〇月号
極楽の味　平成二八年一二月号
身から出たサゲ　平成二九年　二月号
後始末　平成二九年　四月号
似たもの同士　平成二九年　六月号
刊行に際しては、雑誌掲載時の作品に加筆・訂正が加えられました。

参考文献・『居酒屋の誕生　江戸の呑みだおれ文化』飯野亮一著　ちくま学芸文庫

解説——落語にしてみたい話もいっぱい。呑みたくなっちゃった！

落語家　三笑亭夢丸

われわれ噺家連中に「捨て耳」なる言葉がある。これは、前座の楽屋働きなど雑務をこなしながら、修業中でも耳だけは師匠先輩方の芸を聴いておけという意味で、兄弟子からもずいぶん口酸っぱく言われたものだ。

なぜ目で読む小説の解説冒頭に耳の話なんぞを持ち出したかというと、個人的な中島要作品の原体験が楽屋にての「捨て耳」だったからである。

さらに小説の本題からかけはなれた話題で恐縮なのだが、わが師匠・先代三笑亭夢丸のことにふれさせていただく。先代は「新江戸噺し」と銘打ち、私財を投じて賞金を設け、一般公募にて江戸を舞台とした新しい落語を求めて、さらに優秀作品を自分なりに一年ほどかけて咀嚼し、それを寄席の高座で口演していた。

これは弟子ながら、なかなか真似できることではない。……「私財を投じて」という部分はとくに。

それはさておき、この幾多口演してきた「新江戸噺し」の作品の一つが、何を隠そう浅草演芸ホールの高座袖で聴いた、中島要作「身替り首」であった。

身投げ男と助けた男の顔がそっくり。助けた男は仇に追われていて、「金をやるから自分の代わりに討ち果たされろ」と言い出す。身投げ男はおっかなびっくり果たし合いに臨むのだが……という話。

しかし、作業に追われながらの「捨て耳」の悲しさで、細かなディテールまではきちんと把握することが叶わなかったが、「面白い噺だなあ」と印象に残っていた。

その先代が病に倒れ、僕の真打ち昇進直前に亡くなって、心細いままに披露興行を続けていたある日、横浜にぎわい座の楽屋に一人の女性が訪ねて来た。

話を聞けば、師匠の「新江戸噺し」に応募し、みごと入賞されたとのこと。その作品の題名が「身替り首」。ああ！　あの面白かった噺だ！　とすぐに記憶が結びついた。

そして二言目にびっくりするような申し出が。

「ぜひ、当代にもやっていただきたい」

通常であればいくら弟子とはいえ、面白い作品だなと思ったとしても、作者の許可なしに高座に掛けるというわけにはいかない。

それを快諾どころか、作り手御自らそう言っていただけるとは、願ってもみないことであった。と同時に、名跡を継ぐということの重大さを感じ、身震いする思いであった。嘘でもこんな真打ちに昇進したての若僧に演じてもらいたいと言ってくださる。よほど自分の作品に愛情がなければ、言える台詞ではない。

またもう一つ驚いた発言が。

「やる際には、お好きなように変えてください」

これも凄い発言だ。中には演者が手を加えることを一切よしとしない作者もいる中、自由にやってよいとは。いわば演者など小説の面では素人である。ゆえに下手に手を加えると、骨子がしっかりしている作品でなければ無茶苦茶になってしまう。これもよほど自分の作品に信頼がなければ、言える台詞ではない。

もちろん、このありがたい申し出に、二つ返事で挑戦させていただくことになった次第。

手掛けてみて、あらためて設定の面白さに引き込まれ、畳みかける展開にしみじみとした結末。演者としてなかなか骨の折れるところではあるが、大好きな噺で、今でも時おり高座に掛けさせていただいている。何人か「自分もやってみたい」という同輩が出てきて、その時にもご快諾いただいた。ありがたいかぎりである。

その一連のお付き合いの中で、同じ祥伝社の前作『江戸の茶碗』の一冊をちょうだいした。一貫して主人公の浪人赤目勘兵衛が据えられているが、一編一編が独立した物語。こちらも一つ一つ落語にしてみたいような作品揃いで、あっという間に読み終えてしまった。

そして今回の『酒が仇と思えども』。毎晩飲酒を欠かさぬ身として、非常に身につまされるタイトルではあるが、酒屋「七福」の若旦那幹之助が主役ながら、同じく一話一話独立した短編集として楽しめる。

文字どおり「酒」をモチーフにした連作だが、落語にも「代り目」、「親子酒」、「らくだ」等々、酒にまつわる噺は多い。もともと落語と親和性の高い（と勝手に言っているが）作者が書く酒の作品だ。やはり落語にしたいような物語が揃っている。

――口開け　狐とかぐや姫――

酒を呑まない人というのは二通りあると思う。一つはもちろん、身体が受け付けないというパターン。そしてもう一つは酒の席を好まず、酔っ払いを嫌悪し、ああはなるまいと酒を呑まぬというパターン。

思えば先述したわが師匠、先代夢丸が後者であった。酒は全く呑まず、弟子にも酒は慎むべきという教えだったのは、若き日に酒で嫌な思いをしたからだと再三言っていた。

ところが亡くなったのちに、おかみさんから、実は少しずつではあるが毎晩酒を口にしていたと聞き、驚いたことがあった。この「狐とかぐや姫」を読んで、そんなことをふと思い出してしまった。呑兵衛は嫌だ、酒もそう好きではない……でも呑まずにいられない。

酒好きの心理はもとより、なぜあまり酒を好まぬ人間の心理まで、作者は心得ているのだろうか。

そしてこの話の中で一番響いた台詞。

「酒が言わせた言葉に文句を言うのは無粋の極み」

……世の人々が全てこんな了見でいてくれたなら、僕の社会的立場ももう少しどうにかなっていただろうに。

――二杯目　目が覚めて――

泥酔した翌朝。断片的にしか記憶はないが、「うわー、やっちゃった！」という漠然たる後悔の念で目が覚める。酒を呑む人であれば、だいたい経験のあることではないか。はっきりとは覚えていないが、確実に何かはやらかしてしまった自覚のある恐怖。ましてやそこに、人の生き死にが関わっていたとしたなら……。

そんな絶望的な局面で、「どんなに酔っていようと、絶対に人を殺したりしねえ。この俺が請け合います」などと、庇ってくれる人間が、はたして周りにいるだろうか。

……僕はいません。

いやむしろ、そんなことになったら、真っ先に自分を疑ってしまうような気がする。

――三杯目　極楽の味――

「人間、コツコツ真面目にやっていれば、必ず報われる」

よく耳にする言葉だが、はっきり言って報われる保証など、どこにもない。ただそんなことを言ってしまえば、身も蓋もなく、ただただやるせない。ゆえに誰もが、いつか報われると信じ、日々を過ごすのだろう。やっと日の目を見ようというところで非業の死を遂げる留吉。その姿は、どう見ても不幸だ。だが、『江戸の茶碗』から唯一連続登場の小僧、定吉が言う。

「留吉さんは自分が不幸せだなんて思っちゃいなかった。それなのに、一番の友達がかわいそうだと決めつけるのかい」

……そうなのだ。幸せか不幸せかなんて、当人にしかわからない。他人が決めることではないだろう。きっと、〝とびきりの酒〟を呑もうと約束できる友達がいるというだけで、幸せなことなのかもしれない。

これも他人が決めることではないのだけれど……個人的には一番好きな一編。


――四杯目　身から出たサゲ――


この話は、一冊を通じても異質な物語だと思う。噺家が重要な役回りで出てくるというところももちろん、同業者の端くれとして特筆したいところではあるが、そこではない。

この小説、全ての話を通して一人は愚直なまでに純粋で、心優しい、そんな酒呑みが出てくるのだが、この四杯目だけは登場する全員が、ほどよく意地悪だ。本当にほどよく、そこがまた落語っぽい。終盤、喜多八がこの顚末を寄席で演じるという描写があるが、なるほど、実際落語にしてみたいような話である。

——五杯目　後始末——

酒を呑み、つい気が大きくなって話を盛ってしまったり、あることないこと喋ったりしてしまう。その時は、サービス精神のつもりなのかもしれないが、翌日冷静になってから頭を抱えることとなる。また、こっちは酔っ払って忘れているというのに、周りがよく覚えているのだ。「ごめん！　あれはついノリでついてしまった嘘で！」と懺悔する機会を逸してしまったら最後、嘘に嘘を重ね、しまいには自分でも収拾がつかない状況になってしまう。

ところがあるんですね。嘘から出た誠が。それも幸せな誠。僕にもこの話のようにあとから誠がついてくることがあるのだろうか。たぶんないんだろうなあ。今だに酔って調子に乗った発言を思い出し、身もだえすることしばしばなのであった。

――〆似たもの同士――

全編を通じて冷静沈着、スマートな問題解決人であった若旦那の、人間くささが垣間見える最終話。そんな一面を見て、今までの一編一編がさらに愛おしいものになった。最後に味わいも変わり、後味もサッパリという、素敵な〝〆〟。

お酒を呑む方はもとより、呑めない方にも寝酒をちびちびやるように味わってほしい一冊。これをいっぺんに呑んでしまってはもったいない。それこそ上諸白を楽しむかのように、少しずつ味わっていただきたい。

読み進めていくうちに、わが身と重ねて恥じ入ったりホロリとしたりするも、結局は「ああ、やっぱり酒っていいなあ」という気にさせてくれる一冊で……と、ああ、なんだまた呑みたくなってきちゃったじゃないか。

この本のせいでもあるだろうが、何だかんだと理由をつけ、今日も今日とて呑まずにはいられない。原稿書かなきゃ、稽古もしなきゃと思いつつ。酒は仇と思えども。

一〇〇字書評

切り取り線

購買動機（新聞、雑誌名を記入するか、あるいは○をつけてください）	
□（　　　　　　　　　　　　　　）の広告を見て	
□（　　　　　　　　　　　　　　）の書評を見て	
□ 知人のすすめで	□ タイトルに惹かれて
□ カバーが良かったから	□ 内容が面白そうだから
□ 好きな作家だから	□ 好きな分野の本だから

・最近、最も感銘を受けた作品名をお書き下さい

・あなたのお好きな作家名をお書き下さい

・その他、ご要望がありましたらお書き下さい

住所	〒				
氏名		職業		年齢	
Eメール	※携帯には配信できません	新刊情報等のメール配信を 希望する・しない			

この本の感想を、編集部までお寄せいただけたらありがたく存じます。今後の企画の参考にさせていただきます。Eメールでも結構です。

いただいた「一〇〇字書評」は、新聞・雑誌等に紹介させていただくことがあります。その場合はお礼として特製図書カードを差し上げます。

前ページの原稿用紙に書評をお書きの上、切り取り、左記までお送り下さい。宛先の住所は不要です。

なお、ご記入いただいたお名前、ご住所等は、書評紹介の事前了解、謝礼のお届けのためだけに利用し、そのほかの目的のために利用することはありません。

〒一〇一-八七〇一
祥伝社文庫編集長　坂口芳和
電話　〇三（三二六五）二〇八〇

祥伝社ホームページの「ブックレビュー」からも、書き込めます。

www.shodensha.co.jp/bookreview

祥伝社文庫

酒(さけ)が仇(かたき)と思(おも)えども

令和 3 年 2 月 20 日　初版第 1 刷発行

著　者　中島要(なかじまかなめ)
発行者　辻　浩明
発行所　祥伝社(しょうでんしゃ)
東京都千代田区神田神保町 3-3
〒101-8701
電話　03（3265）2081（販売部）
電話　03（3265）2080（編集部）
電話　03（3265）3622（業務部）
www.shodensha.co.jp

印刷所　萩原印刷
製本所　ナショナル製本
カバーフォーマットデザイン　中原達治

Printed in Japan ©2021, Kaname Nakajima ISBN978-4-396-34711-6 C0193